DOMINATA DAGLI ZANDIANI

RENEE ROSE

REBEL WEST

Traduzione di
EMA FERRARI

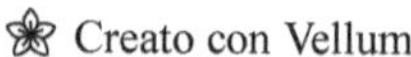 Creato con Vellum

OTTIENI IL TUO LIBRO GRATIS!

Iscrivetevi alla newsletter di Renee per ricevere Indomita, scene bonus gratuite e notifiche riguardo a nuove pubblicazioni!

https://subscribepage.com/reneeroseit

CAPITOLO UNO

Mirelle

«Muoviti, muoviti» sussurrai, con voce rauca per l'urgenza. «Più veloce.» Spinsi la femmina più alta con la mano. «Dai.»

I suoi occhi spalancati, vitrei di ansia e stress, non capivano.

«Parli ocreziano?» Mi asciugai il sudore dalla fronte e tossii. Era la lingua più comune nella galassia, e queste erano schiave umane: sicuramente capivano le mie parole. «Se volete andarvene, dobbiamo farlo adesso.»

La più piccola si mise in movimento. «Mamma, andiamo!» gemette e tirò la mano della madre. «Ti prego!» Poi tossì; l'aria qui era inospitale per i polmoni umani. Ma la donna restò paralizzata e cominciò a tremare.

Fanculo.

Avevo salvato più di cinquanta esseri umani, e questa non era una novità, ma avevo un tempismo terribile. Perché con la coda dell'occhio, vidi un essere dall'altra parte della navicella galattica che mi guardava con aria fugace. Ero stata notata.

Nessuno doveva guardarmi, capire chi fossi e cosa

facessi. Era già abbastanza pericoloso anche solo essere qui su questo pianeta. Non sarei dovuta venire, ma non potevo resistere agli esseri umani bisognosi. Dovevo salvare la mia specie.

Lo studiai nel modo in cui mi era stato insegnato, esaminandolo rapidamente: muscoli. Antenne. Pelle viola. Pugnali fissati in vita. Era uno zandiano, una specie di guerrieri quasi estinta ma potente che si era recentemente ripresa il proprio pianeta. Vaffanculo al quadrato: era lo zandiano che mi aveva battuta all'asta.

«La mia navicella è a soli 800 passi di distanza.» Afferrai la mano della donna. «Come ti chiami? Io Mirelle.» Lo zandiano ci osservava. Anche dall'altra parte della pista, che rimandava increspature di calore, potevo vedere i suoi occhi scuri lampeggiare alla brutale luce del sole.

Lei sbatté le palpebre e io imprecai. «Madre Terra. Vieni con me, è un passaggio sicuro per Jesel, dove gli umani sono liberi. Cosa ti aspetti qui? Vi riporteranno a quell'asta, vi puniranno per esservene andate e vi venderanno a un mostro sadico.» Non ero sicura che fosse vero: lo zandiano che se l'era aggiudicata aveva sicuramente intenzione di portarla sul suo pianeta, Zandia. Ma lì sarebbe stata ancora una schiava. Le stavo offrendo qualcosa di molto meglio.

La donna finalmente si mosse, scuotendo la testa. «Non so cosa fare. Aiutami.»

Presi in braccio la bambina, anche se era la madre probabilmente ad avere più bisogno di assistenza, ma questo la spronò a muoversi: mi seguì mentre correvo verso la navicella. Ma proprio mentre mettevo giù la ragazzina e aprivo il portellone, permettendo ai gradini d'ingresso di abbassarsi, vidi un movimento.

Era lo zandiano. Madre Terra, era veloce e aggraziato, sembrava un predatore selvaggio nella piana di Jeselian.

Deciso. Qualcosa di caldo e molle mi si sciolse dentro alla sua vista.

Le due che avevo salvato avvertirono l'emergenza e si lanciarono sulla mia navicella usurata. Ma ormai era troppo tardi per seguirle, perché era proprio qui. Davanti a me.

Mi appoggiai contro la navicella, quella che avevo costruito con le mie stesse mani su Jesel, utilizzando vecchie parti recuperate dai rifiuti galattici. Il suo corpo grande e muscoloso torreggiava sul mio, il calore della sua pelle mascolina filtrava attraversò la mia tunica logora.

Mi fissò con uno sguardo marrone scuro bordato di viola. Le sue antenne erano vigili. «Hai preso qualcosa che non ti appartiene.»

Madre Terra, che voce! Profonda e risonante, mi vibrò nel petto.

Non parlai. Lo studiai, osservandolo mentre si sporgeva in avanti, con i quadricipiti in tensione, pronto ad attaccare, anche se le sue braccia erano rilassate. E sentii nell'aria la sua adrenalina, il suo odore. Maschile. Potente. Doveva presumere che io fossi debole, perché ero piccolina. Che scemo.

«Sono di Zandia» continuò. «E sei scappato con due femmine comprate dal capitano Archer. Restituiscile o ci saranno delle conseguenze.»

Inspirai lentamente. Espirai. Trasferii il peso sulle punte dei piedi. Ma non dissi una parola. Avevo imparato che il silenzio era un vantaggio; confondeva gli avversari. Inoltre, la mia voce mi avrebbe tradita. Mi vestivo da maschio e interpretavo il mio ruolo in modo impeccabile, ma era difficile camuffarmi quando parlavo.

Il suo sguardo si spostò sull'ingresso della mia navicella e io feci la mia mossa. Scattai in avanti e saltai, girandomi in aria mentre lo facevo, il mio stivale sinistro con la punta di metallo colpì con forza la sua mascella.

Grugnì, probabilmente per la sorpresa e la rabbia più che per il dolore. Sempre nella mia torsione aerea, mi girai e atterrai, accovacciandomi in basso, poi tirai fuori una gamba e la avvolsi attorno alla sua, mettendo in pratica la mossa che avevo allenato per un anno a Jesel. Il movimento fu automatico, tutti i lividi e le botte che mi ero procurata non avevano fatto altro che prepararmi a questo. Lottare per la vita o per la morte contro avversari più forti di me.

Quando tirai la gamba in avanti, lui cadde, come previsto. Ma quello che non mi ero aspettata era che riuscisse a ritrovare l'equilibrio così in fretta! Mentre mi trovavo ancora a terra, in qualche modo riuscì a rialzarsi e ad afferrarmi.

«Arrenditi» mi ordinò. Premette le mani forti sulle mie spalle, spingendomi contro la terra incandescente. Bruciava attraverso l'abbigliamento mimetico. Scalciai automaticamente, ma lui si mise a cavalcioni su di me, le cosce forti su entrambi i lati del mio busto magro. Il calore del suo corpo mi colpì con la stessa intensità del sole irradiato sulla mia schiena.

Ansimai e lo guardai negli occhi, permettendogli di vedere il verde dei miei: questo confondeva sempre un avversario. Avrei capito quando muovermi. Un momento. Due. Madre Terra, i suoi occhi erano così limpidi, così intelligenti. Incurvò il labbro: stava sorridendo? Che arroganza. Gli avrei fatto vedere io chi comandava.

Deglutii e guardai i suoi occhi mentre si posavano sulle mie labbra, sul mio collo. Il sorriso svanì; la sua espressione mutò, mi stava valutando. Come se stesse cercando di capire qualcosa.

Ecco il momento. Incanalai tutta la mia energia nei glutei e nelle gambe, poi mi torsi e mi girai.

Grugnì e gridò, ma ormai ero lontana dalle sue mani, quelle mani potenti.

Di nuovo in piedi, mi accovacciai, fissandolo.

Anche lui si era alzato e, mentre ci guardavamo negli occhi, sentii una tensione mai provata. Quando mi era sopra, con la faccia già vittoriosa, non potevo descriverlo...

Si lanciò con il pugno alzato.

Lo bloccai, era un gioco da ragazzi, poi feci un altro salto, uno nuovo.

Ma dannazione, era come se lo avesse previsto, perché bloccò il mio calcio e poi mi riprese, e mi premette contro lo scafo di metallo rovente della mia navicella. Bloccò il braccio contro il mio collo, e con l'altra mano mi afferrò il braccio. Premette i fianchi contro il mio corpo. Le cosce contro le mie.

Sentivo il suo alito caldo sul mio collo e aveva un odore, stranamente, dolce. Non fetido, come mi sarei aspettata da un guerriero. Ignorai il formicolio sulla pelle dovuto alla sua vicinanza.

Ansimammo entrambi.

«Chi sei?» chiese. «Rispondi.»

Lo fissai, con aria di sfida. Non gli avrei detto una parola. Il mio copricapo si era allentato nella lotta e i capelli rossi ora mi cadevano sulle spalle. Il suo sguardo spaziò su di essi e scese fino ai miei seni fasciati.

«*Kazo*, sei una femmina» disse con voce piena di incredulità. «E umana.»

E aveva capito anche questo. Supponevo che non fosse troppo difficile.

Curvò gli angoli delle labbra, ma il sorrisetto non sembrava malizioso, più impressionato. «Una piccola guerriera.» Strizzò gli occhi. «Dove andavi con le schiave?»

Grugnii e scossi la testa. Non avevo mai avuto tanti problemi a scappare da un avversario. Gli zandiani erano chiaramente abili come dicevano le voci.

Strinse la presa sulla mia gola, dimostrandomi che adesso

era lui a comandare. Notai però che in realtà non mi bloccava il passaggio dell'aria. E immaginavo che lo sapesse. Avrebbe potuto spezzarmi il collo con una rapida rotazione del polso. Ero completamente alla sua mercé. E nonostante la pressione sulla trachea e il suo corpo inflessibile che mi tratteneva, un formicolio mi attraversò di nuovo la pelle. Le braccia. La pancia. I capezzoli. Dolce Madre Terra, questo non era il momento giusto perché il mio corpo si risvegliasse sessualmente. Ero andata avanti così a lungo senza alcun interesse per i maschi.

Inspirai, costringendomi a concentrarmi. Avevo bisogno di allontanarmi da questo maschio, per più di una ragione. Spostai i fianchi ma lui si mosse immediatamente, premendosi ancora più vicino a me. Il rigonfiamento delle sue parti maschili, grosso e duro, si connesse con la mia pancia. Mi attraversò un brivido. Mosse la mano sulla mia, ma non mi lasciò. Questo zandiano non aveva intenzione di lasciarmi andare.

«Riprenderò le altre femmine,» disse, mentre l'aria dalle sue labbra, dalle sue parole, soffiava sulle mie. «E anche tu verrai con me.»

Il suo corpo era magro e duro, aveva muscoli ovunque. Le labbra si librarono a pochi centimetri dalle mie e per una frazione di secondo pensai che volesse baciarmi. Non l'avevo mai fatto, ma avevo visti altri esseri...

Dovevo sfruttare ogni vantaggio. Tirai fuori la lingua, mi leccai le labbra ed emisi un piccolo mormorio sospirato. Il genere di cose che sapevo che facevano le donne quando volevano adescare un maschio. Allo stesso tempo, spinsi i fianchi in avanti e gli sussurrai qualcosa che non riuscì a capire, perché nella mia lingua. Una lingua umana morta. Parole che avevo imparato solo di recente.

«Mi chiamo Mirelle e sono una combattente per la libertà.»

Percepii la sua sorpresa e il suo interesse e, ancora una volta, sfruttai l'opportunità. Gomito giù, poi su. Premetti il braccio e spinsi. Colpo di ginocchio. Un urlo di battaglia direttamente nel suo orecchio, alto e penetrante, il primo suono forte che avevo emesso.

Mi ritrovai libera, ancora una volta, e lui rotolò a terra, pronto a tornare in azione.

Mi concesse solo pochi momenti preziosi, ma fu tutto ciò di cui ebbi bisogno per lanciarmi nella mia navicella e chiudere il portellone. Mi precipitai ai comandi e decollai dal brutto pianeta dimenticato da Dio con il mio prezioso carico. In basso, lo zandiano alzò lo sguardo verso il mezzo. Non agitò il pugno né lo indicò, eppure in qualche modo vidi una determinata promessa nella sua posizione, una fermezza nel modo in cui osservò la mia partenza.

La promessa di una punizione. Sarebbe venuto a prendermi.

Mossi le dita sul vecchio pannello di controllo. La mia navicella era lenta ma costante, e se fossi riuscita ad avere abbastanza vantaggio, magari avrei potuto nascondermi.

Ma la preoccupazione mi colpì al collo: gli zandiani, era noto, avevano potenziato le flotte. Erano le più veloci della galassia. Le avevano rese invisibili. Dotate di ogni vantaggio. Se mi avesse seguita - *no,* quando lo avesse fatto - perché ero sicura che lo avrebbe fatto... non sapevo cosa sarebbe successo. Avrei dovuto combattere.

Non avrei assolutamente permesso che qualcuno mi prendesse in ostaggio. Perché questo era il lavoro della mia vita: salvare gli esseri umani, portarli alla libertà. E nessun essere mi avrebbe fermata, a meno che non mi avesse prima uccisa.

~

LANZ

«FOTTUTAMENTE ESILARANTE.» Domm mi diede una pacca sulla schiena. «Tu nella polvere che ammicchi verso la femmina che ti ha battuto.»

Archer scosse la testa, per niente divertito. «Hai perso le mie femmine.» Aveva presentato una petizione al re Zander durante l'ultimo ciclo lunare per acquistare una femmina con cui accoppiarsi e il re gli aveva concesso il permesso. Aveva appena investito i risparmi di una vita intera per l'umana e sua figlia, solo per vedere la mia piccola carnefice volare via con loro.

L'odore di quella donna mi era rimasto nel naso, la sensazione del suo corpo che si dimenava sotto il mio era impressa per sempre nella mia mente. Alzai le spalle al monito di Archer. «Voi due sareste potuti intervenire per aiutare.»

Domm rise così forte da tossire, poi riuscì a dire: «Non sapevamo che avresti avuto problemi con una femmina minuscola.»

«*Fottiti*» ringhiai e alzai il pugno.

Archer si spostò di lato e Domm indietreggiò, le sopracciglia alzate, le antenne agitate, continuando a ridere. Alzò le mani. «Dove diavolo ha imparato a combattere in quel modo?»

Rividi le sue abili manovre, permettendo al fascino di insinuarsi. «Non ne ho idea, *kazo*.» Alzai la mano, dove un piccolo graffio colava sangue viola, già in procinto di guarire. «Guarda.» Stentavo a crederci anch'io. «Era feroce.»

Noi tre guardammo lo schermo della nostra navicella, osservando il punto lampeggiante che indicava il suo mezzo che avanzava lentamente attraverso il nero inchiostro della galassia.

«Dove sta cercando di andare?» Sentii l'incredulità nella mia stessa voce, perché quello che stava facendo era pura follia. Non esisteva un porto sicuro per gli umani in questa galassia. Come aveva fatto a sopravvivere fino ad ora? Una parte di me era in soggezione e voleva scoprire tutti i suoi segreti. Connettersi con lei come se fosse una rispettata collega guerriera. Ma un'altra parte di me avrebbe voluto trascinarla a terra, mettersi a cavalcioni su quella vita sottile, come avevo fatto su Shirtang. E poi...

Il mio cazzo si animò, mi schiarii la gola e mi concentrai. Non era assolutamente questo il momento. «Un'umana che salva altre umane. Ed è diretta su una rotta per Lat 34 X-4. Questo significa...»

«È diretta nella zona della cintura di Midrian.» La voce di Domm si era fatta seria adesso. «Forse sta andando alla comunità umana su Jesel?»

«Impossibile. È troppo distante e pericoloso. Non riuscirebbe a fare neanche un quarto del percorso» dissi.

«Sarà, ma questo è il suo percorso.»

«*Kazo.*» Incrociai le braccia e mi chinai in avanti, come se avvicinare il viso allo schermo mi desse maggiori informazioni sulla femmina umana e sui suoi piani. «Dobbiamo seguirla.»

«Per noi è una deviazione» disse dubbioso Domm.

«Tienitelo per te.» Archer strinse gli occhi. Premette un pulsante sul dispositivo di comunicazione che aveva al polso e si collegò alla centrale di comando di Zandia. «Comandante Enten? Qui Zandia 8-X. Siamo all'inseguimento di un combattente nemico per recuperare due umane. In viaggio verso Jesel.»

«Tre» lo corressi, stringendo le labbra. Non potevo assolutamente lasciare l'esuberante combattente da sola. Poteva anche non essere in vendita, ma di certo non poteva vagare per la galassia senza protezione. Gli esseri umani non erano una specie libera. Sarebbe morta o almeno ridotta in schiavitù entro un ciclo lunare.

«Tre.» Archer non batté ciglio. «Richiedo il permesso di proseguire.»

Normalmente prendevamo da soli le nostre decisioni; come guerrieri avanzati ed esploratori fidati, gestivamo noi i nostri giri. E Archer era un capitano esperto, che superava me e Domm sia per quanto riguardava l'esperienza di combattimento che quella di volo.

Ma andare a Jesel significava viaggiare attraverso il territorio nemico ed era probabile che avremmo incontrato pirati ocreziani o altri miscredenti, quindi volevamo verificare con il nostro comandante che il rischio valesse la ricompensa.

Archer ottenne il pieno via libera e noi tre ci sistemammo sui sedili, preparandoci per l'iperguida o le manovre di combattimento.

«Sta arrancando in quel baratro.» Domm indicò lo schermo e rise, un verso dettato più dall'incredulità che dall'ironia. «Non posso credere che quella cosa possa volare.»

«Nessuna arma importante.» Il nostro radar e il nostro tracciamento mostrarono i dettagli della sua navicella. «E nessuna capacità di passare alla velocità iper o della luce. Totale mancanza di schermatura. Possiamo prenderla come vogliamo.»

Il cazzo mi si contrasse nei pantaloni da volo all'idea di prenderla a mio piacimento. A lungo e con forza. Preferibilmente con i polsi e le caviglie legati alla mia piattaforma del sonno per ripagarla di quella mossa brillante prima su Shirtang. Scacciai il pensiero dalla mia mente.

. . .

PER UN ATTIMO provai compassione per la nostra piccola preda. Era determinata e intelligente, ma, per le stelle, la sua navicella non poteva competere con la nostra. Avremmo potuto incenerirla con armi a lungo raggio nello stesso istante in cui era decollata. Sarebbe stato un gioco da ragazzi catturare il suo mezzo e salirvi a bordo. Una lotta impari.

Ma il mio corpo ne era ansioso. Volevo confrontarmi di nuovo con lei. Guardare in quegli occhi verdi arrabbiati. Ascoltare quella voce dolce e roca. Guardarla ansimare sotto di me…

«Sta cambiando rotta.» Archer indicò lo schermo. Eravamo già nella terra di nessuno della galassia, dove le navicelle raramente obbedivano agli accordi intergalattici e la pirateria era in aumento.

«Verso dove?» Domm si sporse in avanti, palesemente interessato.

Archer regolò i controlli. «Verso Techna. Pianeta locale che vende parti di navicelle e le ripara.»

«Che cos'è?» Qualcosa sullo schermo mi fece accigliare e una strana sensazione mi frullò nello stomaco. «Cosa sta succedendo alla sua navicella?» Mi chinai in avanti, con le mani sulle cosce. «Guarda come vibra. È come se il suo giroscopio non funzionasse.»

A dire il vero, la sua navicella sobbalzava e traballava, saltellava. Poi si raddrizzava.

«Si sta dando un gran da fare con quel timone.» La voce di Domm era colpita.

Archer annuì. «Sa che non potrà arrivare fino a Jesel. Se prova ad attraversare gli ammassi di asteroidi Massin in quel modo, la sua navicella andrà in pezzi, *kazo*.» Fece una pausa.

Mi strofinai l'orecchio. «La prendiamo prima che atterri su Techna o dopo?»

Domm rifletté. «Un collegamento aereo con la sua navicella sarà semplice.»

Concordai. «Ed eviteremo le interferenze a terra da parte di qualsiasi essere su Techna.»

Archer scosse la testa. «Io dico di aspettare finché non atterra, e poi di procedere con il recupero di tutte e tre. Veloce, invisibile, silenzioso. Non sono sicuro che il suo scafo possa sopportare l'attrazione magnetica una volta raggiunta. Non voglio rischiare di perdere atmosfera. Penso valga la pena affrontare i technaniani. Si girano sempre dall'altra parte quando si tratta di controversie.»

Annuimmo accettando l'ordine e preparammo la nostra navicella per la destinazione, lavorando insieme senza sforzo. Conoscevamo questa routine a memoria.

«Abbiamo compagnia» La voce di Domm era tesa. «A dritta, in avvicinamento veloce.»

Kazo. Le mie dita danzarono sullo schermo fluttuante nell'aria. «Pirati ocreziani, fuorilegge. Hanno bloccato la nostra nave e la sua.»

Non avrei permesso a quegli ammassi dalla pelle grigia di avvicinarsi alle nostre umane. Sì, le consideravo già nostre. Perché la piccola guerriera era mia. Mia e di Domm, se voleva condividerla.

«Sanno che trasporta un carico umano?» Domm alzò la voce.

«Non lo so, ma stanno emettendo un segnale di acquisizione» rispose.

«Che modello è il loro mezzo?» chiese Domm.

«Hanno uno dei più nuovi caccia ocreziani. *Kazo,* mi piacerebbe metterci le mani sopra e studiarlo» osservò Archer.

Trattenni la mia impazienza. Archer avrebbe dovuto essere più preoccupato per le femmine che per le navi da caccia. «È quello che vogliono fare loro con noi. Abbiamo un piano?» chiesi.

«Direi di prendere lei e le altre umane e lanciarci. Hanno una nuova navicella da guerra, ma non può superare la nostra in velocità. Era un'idea.

«Possiamo riuscire a prenderle, ma dobbiamo essere chirurgici» concordai. Mi salì l'adrenalina. «Se lo facciamo bene, possiamo prendere anche la loro nave.» Sapevo che ad Archer prudevano le mani dal desiderio di esaminare il loro sistema di controllo. Di scoprire come avevano assemblato il loro drive di velocità. Ma era la piccola femmina che io bramavo. Lasciarla lì, in balia della crudeltà degli ocreziani? Non era possibile.

«Concordo.» Domm impostò i controlli e le forze gravitazionali quasi ci schiacciarono mentre la nostra navicella avanzava istantaneamente, ma l'addestramento e la nostra fisiologia ci rendevano in grado di resistere. «Ero curioso di vedere che aria tirava su Techna.» Domm azionò i controlli, manovrandoci abilmente attorno a una cintura di asteroidi.

«Un'altra volta.» Diedi un'occhiata alla lettura olografica. «Gli ocreziani stanno inviando dei messaggi.»

Il segnale apparve sul nostro schermo: un avvertimento ostile, che indicava di fare marcia indietro o avremmo subito un attacco. Le nostre protezioni erano in grado di gestire il fuoco nemico, anche la loro più moderna tecnologia bellica, almeno per qualche round.

Lo ignorammo. Nessuna risposta.

«Protezioni inserite» Domm attivò il nostro occultamento. «Preparatevi a salire a bordo della navicella umana.»

CAPITOLO DUE

D^{omm} Guardai Lanz stringere le dita attorno alla sua spada. Una zuffa con una femmina ed era già perso. La cosa mi sorprendeva solo perché non aveva espresso il minimo interesse per l'accoppiamento o la procreazione quando re Zander aveva decretato l'inizio dell'impresa di ripopolamento. Tutt'intorno a noi, i guerrieri erano impegnati a formare alleanze e rivendicare il numero limitato di femmine umane disponibili, e Lanz si era limitato ad alzare le spalle. Lui ed io eravamo contenti di continuare a portare avanti le missioni.

«Pronti.» Preparò i comandi. «Sistemi di attracco attivati.»

Feci lampeggiare lo schermo olografico che mostrava la nostra nave e la sua, la distanza si riduceva magicamente mentre avanzavamo verso di lei. La nostra nave era dotata della più recente tecnologia zandiana, grazie alla quale potevamo collegarci magneticamente a un'altra navicella e imbarcarci nello spazio.

«Può vederci arrivare?» C'era una nota dura nella voce di

Lanz. Rispettava quella femmina. Diavolo, lo facevo anch'io. Quello che aveva fatto a Shirtang, quello che stava facendo adesso, era inaudito.

«No. Nemmeno per un attimo. Ma vede gli ocreziani. Guarda come sta cambiando rotta, sperando di entrare nello spazio aereo di Techna più velocemente.»

Il nostro sistema di collegamento, potenziato da un team umano/zandiano su Zandia, era così sofisticato che notammo a malapena un sobbalzo quando la nostra navicella toccò la sua e l'attrezzatura esterna si bloccò in posizione, i laser tagliarono una porta nella sua navicella. L'avremmo rimorchiata o avremmo installato un sistema di guida automatica in modo che potesse seguirci come un drone fino a Zandia. Valeva la pena recuperare il mezzo, anche solo per studiarlo.

Gli istanti successivi furono di caos, anche se controllato.

L'immagine olografica ci forniva una mappa in tempo reale della sua navicella dalle nostre unità da polso e attraversammo il portale appena creato nella stiva di carico buia e angusta della sua navicella. L'odore del metallo fuso e della fibra di carbonio bruciata dovuto al laser suscitò una risposta nel mio corpo addestrato da guerriero: ogni nervo ora era teso, vigile. Inspirai profondamente dalle narici.

Lanz aprì la strada e io lo seguii, era uno schema che avevamo costruito insieme come una squadra durante i cicli solari che avevamo passato insieme come partner guerrieri. Quando raggiungemmo la cabina principale, scrutammo entrambi lungo le pareti.

Le antenne di Lanz si irrigidirono e la vidi. L'umana: la piccola guerriera di Lanz. Sì, riuscivo decisamente a coglierne il fascino.

Era bellissima: una massa di folti capelli rossi legati su una spalla rivelava la colonna snella del suo collo. Su di esso spiccavano ancora le impronte di Lanz, a ricordo della sua sconvolgente fragilità.

Era seduta davanti a un pannello di controllo e osservava attentamente tre schermi contemporaneamente, mentre le sue mani azionavano i controlli. Era concentrata sul mezzo ocreziano che appariva sui suoi monitor insieme a messaggi lampeggianti che dicevano: *attivare le armi*. La nostra navicella, occultata in un modo che andava oltre le possibilità della sua rudimentale attrezzatura, non appariva nemmeno sullo schermo. Se avesse avuto una tecnologia migliore, avrebbe potuto individuarci grazie al tracciamento visivo.

Le schiave di Archer, quelle che lei aveva rubato, se ne stavano abbracciate per terra, tirando su col naso, le braccia della madre avvolte attorno alla figlia. L'area puzzava di corpi non lavati e di paura acre, di metallo vecchio e di dispositivi elettronici surriscaldati.

Valutai la sua attrezzatura con una sola occhiata. Erano alcune delle tecnologie più antiche disponibili, messe insieme in un unico mezzo.

Kazo. Non aveva nemmeno il dispositivo per evitare gli asteroidi! Alzai le sopracciglia. Quanta abilità le occorreva per farla...

Percepì la nostra presenza.

Il suo corpo si irrigidì e saltò in piedi di fronte a noi, così velocemente che a malapena la vidi cambiare posizione. «Da dove sono usciti?» chiese alle umane piagnucolanti.

Prima che potessero rispondere, la sua navicella tremò e sobbalzò, e poi il rumore del siluro di avvertimento esplose nei nostri timpani.

«Tenetevi forte!» gridò alle altre umane, prima di cadere di lato, saltando in aria per evitare di scontrarsi contro il suo arcaico pannello di controllo.

Lanz fece un passo avanti. «Gli ocreziani stanno attaccando. Questo è stata il loro avvertimento.»

Degli allarmi risuonarono, uno forte e rumoroso, e le luci rosse lampeggiarono. Un sibilo insidioso mi avvertì che la navicella aveva subito danni fatali. «C'è una perdita di ossigeno. Abbiamo diciotto minuti al massimo prima del blackout.» Mi accelerò il battito. «I polmoni umani resisteranno appena cinque.»

«La mia navicella non è in grado di resistere nemmeno a un colpo di avvertimento.» La sua voce era tesa. «Questo è un mezzo di trasporto, non un caccia.»

L'ordine di Archer suonò teso ma calmo: «Prendi le umane e vai immediatamente sulla nostra navicella.»

Mi ritrovai faccia a faccia con lei e vidi quello che doveva avere visto Lanz: occhi verde bosco, bocca a cuore. La bellezza cruda di una combattente feroce. Avrei potuto facilmente afferrarla, sopraffarla con la mia forza, ma qualcosa in me voleva lasciarle il potere, almeno per un momento ancora.

«Non c'è tempo per discutere, piccola guerriera.» La guardai negli occhi. «Vieni con me immediatamente, altrimenti morirai.»

Il suo sguardo era intelligente, annuì bruscamente. Si rivolse alle schiave. «Va tutto bene. Andate con loro. È la nostra migliore possibilità.»

Nel giro di pochi istanti, io e lei eravamo tornati attraverso l'apertura, poi Archer ci seguì con la madre e la figlia. Ma mentre Lanz regolava i comandi per chiudere il nostro portale, il mio cuore crollò.

Perché un ocreziano si era arrampicato dietro di loro e aveva infilato uno shock stick nel meccanismo per impedirne la chiusura.

«*Kazo*. Sbarazzati di lui.» Presi la mia pistola stordente, accanto al pugnale.

Lanz alzò la voce: «Hanno aperto un varco dall'altra parte della sua navicella. Stanno salendo a bordo adesso.»

Non c'era tempo per dire quanto fosse stato furbo, perché diversi altri ocreziani comparvero dietro al primo, con l'odore sulfureo del loro sudore che mi pungeva le narici.

Stavo per sparare, quando la bambina rovinò tutto. La piccola schiava umana.

Il terrore le velò gli occhi, il suo corpo sussultò come se avesse un attacco, si staccò dalla madre e scappò. Guardai con orrore mentre l'ocreziano la prendeva tra le sue grosse braccia.

«Cassie!» urlò la madre.

«Andate.» Fece un cenno ai suoi. «Andate. Preparatevi.» Si dissolsero come fumo, velocemente, lasciando solo lui.

Teneva la bambina come uno scudo e rideva. «Sei mia ora.»

Avrei potuto ucciderlo, ma sarebbe morta anche la bambina; gli copriva la testa e il petto.

«Non farle del male!» La madre era fuori di sé. Corse verso l'ocreziano e afferrò sua figlia, e scoppiò il caos più totale.

Gli altri ocreziani erano tornati con armi a corto raggio; era chiaro che avevano scelto degli storditori, come i nostri, per evitare di danneggiare la nostra navicella. Anche nel mezzo della mischia, era evidente che la volessero. Di brutto.

«Sparate per uccidere.» Archer alzò la voce per farsi sentire nel clamore, ma lo stavo già facendo. Sparai all'ocreziano più vicino, il fetore del suo sangue denso ora era come un profumo, sapeva di vittoria. Evitando le esplosioni stordenti, con luci gialle e blu che sfregiavano l'aria e lasciavano dietro di sé scie di ozono, mi avvicinai al secondo e gli tagliai la gola con il mio pugnale. Il bordo sottile come un rasoio tagliò la pelle grigia e scabrosa come il petalo di un fiore.

Mi girai, assicurandomi che Lanz si stesse prendendo cura di se stesso e Archer ne avesse abbattuti altri due. I loro corpi giacevano come sacchi della spazzatura, i loro petti continuavano a pompare, ma lentamente, sempre più lentamente.

E per le stelle, Mirelle – stavo giusto per andare a salvarla – si stava difendendo. Urlando, aveva ripetuto quel calcio rotante che aveva fatto cadere Lanz su Shirtang, e la velocità del suo attacco stordì l'ocreziano. Sentii lo schiocco del suo zigomo, e poi il suo grugnito *ooph* mentre l'altro stivale di Mirelle gli rompeva le costole. Molte, a giudicare dal modo in cui era crollato. Moribondo. Senza perdere tempo, si chinò e afferrò la sua arma, spostò l'interruttore da stordimento a uccisione un nanosecondo prima di fargli un buco in mezzo agli occhi.

Senza esitare. Senza guardare. Senza piangere. Senza neanche un fiato ad indicare shock o orrore, o sorpresa, per ciò che aveva fatto. No, come una vera guerriera, era tornata nella sua posizione di combattimento, con il taser teso e gli occhi che scrutavano l'area.

NORMALMENTE, in battaglia, ero sempre concentrato: con Lanz avevamo trovato un nostro ritmo e lavoravamo senza pensieri. Con la femmina intorno ero distratto, preoccupato per la sua sicurezza nonostante lei se la cavasse da sola.

«Dietro di te» mi gridò, e mi girai giusto in tempo per respingerne due, usando i calci e il pugnale, per disarmarli e poi ucciderli.

Respirando affannosamente, mi girai e vidi che avevamo ucciso tutti, tranne un ocreziano.

Teneva ancora la bambina tra le braccia, ma adesso sanguinava, anche se non sapevo se fosse perché era ferito o per la ferita di un altro.

«Consegnate la navicella o uccido la schiava.» Sorrise.

Mi asciugai la fronte e rizzai le antenne.

«Non avrai mai la nostra nave.» Archer avanzò.

Nonostante fossimo in quattro e lui da solo, l'ocreziano non si tirò indietro. Anzi, rise. «Per prima cosa la consegnerò all'equipaggio a bordo, lascerò che alcuni di loro facciano il loro comodo. È da un po' che non hanno una schiava del piacere.»

L'urlo della madre fu così acuto e stridulo che probabilmente le aveva rovinato le corde vocali. Gli corse di nuovo incontro, impetuosa come la forza della natura.

Lui la afferrò per i capelli e la sbatté contro il muro, una conquista facile. «Anche questa. Prima può guardare, poi darà piacere ad alcuni di loro. Forse le taglieremo qualche dito delle mani e dei piedi per divertimento, mostreremo loro che la cooperazione è la chiave. Umane. Non sono altro che sacchi di carne.»

Le sue parole erano becere, ma era impossibile che pensasse che ci saremmo mossi. Eravamo guerrieri; non importava quanto fossero vili, non rispondevamo alle minacce e, per quanto ne sapeva, le umane non erano altro che schiave per noi. Perché avremmo dovuto preoccuparcene?

La nostra piccola guerriera si fece avanti, le tremavano le spalle. «Dobbiamo dare loro quello che vogliono. Per favore. Non lasciate che facciano loro del male. Per favore.»

«No!» La frustrazione mi rese duro. «Non capisci cosa sta succedendo.»

«Non possiamo lasciarle morire adesso!» Si girò verso di me con aria supplichevole e le sue mani tremanti lasciarono cadere il taser. «Per favore!»

«Smettila...» cominciai, inorridito dalla sua trasformazione da combattente a vittima.

. . .

Poi vidi la sua espressione. Appena fu fuori dalla visione periferica dell'ocreziano, mi rivolse un sorriso sornione e abbassò la palpebra di un occhio. Era una specie di segnale, anche se non lo capivo.

«Non posso!» gemette, cadde in ginocchio e si abbracciò. «Per favore, per favore, gli esseri umani sono fragili e deboli. Devi proteggerci!»

Guardai Lanz e inclinai leggermente la testa a sinistra. Questo era il nostro segnale per l'attacco a comando. Archer fece un passo indietro; significava che era d'accordo.

E poi fu come una danza, quasi come se l'avessimo coreografata in anticipo, anche se si svolse secondo dopo secondo.

Lanz si precipitò al fianco di Mirelle, lasciando la strada aperta affinché l'ocreziano potesse avanzare. «Alzati» le gridò Lanz, afferrandole il braccio. «Non c'è tempo per queste cose. Devi rimanere concentrata.» La fece alzare in piedi. «Sei il nostro bene più prezioso. Abbiamo bisogno di te concentrata. Ora.»

Archer girò la testa per guardare, dando all'ocreziano il tempo di rifletterci. «Lanz ha ragione. Hai tutte le competenze di cui abbiamo bisogno. Usale.»

Tenni gli occhi sull'ocreziano, sperando che abboccasse. Il pannello di volo principale ora era completamente libero. Avrebbe provato a raggiungere quello o l'umana... lo sapevo.

«Lascia andare la bambina» ringhiai, facendo un passo avanti e lanciando uno sguardo nervoso a Mirelle e agli altri. «Subito.»

«Forse lo farò.» L'ocreziano sorrise. Poi si mosse, serpentino. Agivano sempre così velocemente; rispetto ai loro corpi pigri, i loro movimenti non smettevano mai di stupirmi. Lasciò cadere la ragazzina accanto alla madre.

Poi si infilò nel percorso che Domm e Archer gli avevano aperto, afferrando la nostra piccola guerriera.

Sì. Era quello di cui avevamo bisogno.

Lei gli permise di afferrarla, si accasciò tra le sue braccia. Le puntò lo storditore alla testa. «Prenderò questa invece» disse, indietreggiando verso la porta. «E distruggeremo la vostra nave se non la cedete volontariamente. Arrendetevi.»

Sapevo che era solo una strategia. Probabilmente c'era un gruppo pronto a salire a bordo della nostra nave a momenti. Una tecnologia così preziosa? Avrebbero preferito certamente perdere qualcuno di loro per ottenerla, piuttosto che distruggerla per dispetto.

Ma tutto quello che riuscivo a vedere era quello storditore alla testa della nostra femmina. Era impostato al massimo, le avrebbe fritto il cervello se lui lo avesse usato, essenzialmente uccidendola. Sentii un ruggito rombarmi nelle orecchie – un'emozione che a malapena riconoscevo mi si riversò nel petto – paura. Rabbia. Volevo torcere il collo a quell'ocreziano. Come osava? Forse avevo frainteso il suo segnale. Forse era debole e spaventata come sembrava. Dovevo salvarla, ma non potevo rischiare, non ora.

Era docile, dolce, piagnucolava, come se lui le avesse spezzato la volontà. Poi mi guardò negli occhi e disse: «Al tre.»

«Non ti daremo mai la nave!» gridai, interpretando la parte dello zandiano instabile e arrabbiato.

L'ocreziano rise. «Non è necessario. Ce la prenderemo.»

Mise il dito sul grilletto. «Vi restituirò anche lei.» Lo agitò. «Quando sarà morta.»

Mirelle non smise di guardarmi. *Uno*, bisbigliò. *Due*. Inspirai.

Tre.

Poi lei non fu altro che un movimento confuso, ancora più veloce dell'ocreziano, si contorse tra le sue braccia in modo da liberare la testa dal tiro dal suo storditore. L'esplosione la colpì alla spalla, con forza, e sentii l'odore acre della pelle bruciata e del sangue mentre alzavo l'arma. Guardai dritto in faccia l'ocreziano e sparai, mancando di poco Mirelle, ma avevo una buona mira. Osservai la sua testa scomparire in un'esplosione di fuoco.

«Chiudiamo, stacchiamoci e partiamo. Dai, dai, dai.» Il comando di Archer ci mise in azione.

Domm prese il controllo del pannello e Archer stesso andò alla postazione delle armi.

«Stanno mirando al nostro hyperlock. Dobbiamo andare.»

Vidi il flash mentre il loro missile partiva; ci preparammo all'impatto, ma non arrivò mai. Invece, le forze gravitazionali e il flusso dello spazio-tempo fluirono dentro e attraverso di me mentre ci lanciavamo nel tessuto dell'universo, scomparendo dalla vista degli ocreziani così completamente che non avrebbero mai più potuto trovarci.

CAPITOLO TRE

L*anz*

«Controllate eventuali danni. Avviate i bot di riparazione automatica» ordinò Archer.

«Bot avviati» rispose Domm.

«Controllate i sigilli e l'atmosfera.»

«Sigilli e atmosfera al cento per cento» riferii.

«Controllate lo stato del rimorchio.»

«I mezzi da traino sono danneggiati, nessuna forma di vita è presente» disse Domm.

«Lanz, metti in sicurezza le passeggere.»

Rivolsi la mia attenzione alle umane. La madre e la bambina erano sotto shock, ma era la nostra piccola guerriera ad avere più bisogno di aiuto.

Ansimava ed era pallida, la sua spalla era un ammasso di pelle sfilacciata, con le ossa in vista. Il sangue le inzuppava la tunica e gocciolava sul pavimento. Il sudore le imperlava la fronte e lei tremava, ancora e ancora. Odiavo il fatto che era umana, così fragile, nonostante il suo coraggio e la sua abilità.

Presi un kit medico nuovo, grato che il dottor Daneth ci

avesse fornito un addestramento avanzato sulle operazioni mediche di emergenza. «Lo userò sulla ferita.» Lo aprii velocemente. «Ha antidolorifici, antibiotici e un medicinale brevettato che accelererà la guarigione.» Aprii il dispositivo e premetti il pulsante per attivare lo SmartSys.

«Va bene.» La sua voce era debole. Le afferrai il polso; il battito era debole.

«*Kazo.*» Le posai un impacco sulla spalla e lei sussultò, ma poi sbatté le palpebre ed espirò. «Funziona?»

Abbassai lo sguardo, incapace di dirlo.

Domm apparve accanto a me e la curvatura delle sue sopracciglia verso il basso mi disse che era preoccupato quanto me. «Sta bene?» Aveva già espulso il corpo dell'ocreziano nello spazio.

Scossi la testa. «Le ho messo l'impacco.»

Domm si piegò. «Sembra che si stia attivando.» Il pannello LED flessibile e sottile sulla parte anteriore dell'impacco lampeggiò mostrando dei messaggi. «Guarigione iniziata. Completa all'uno per cento. Medicina somministrata.»

Mentre guardavamo, i numeri cambiavano. «Completato all'uno punto cinque per cento.»

«Penso che abbia bisogno di più aiuto.»

Le presi la mano. «Come ti chiami, piccola guerriera?»

«Mirelle» gracchiò con le labbra secche e chiuse le palpebre.

«Mirelle, aspetta. Ti riporteremo a Zandia e lì riceverai assistenza medica.»

Mosse le labbra, ma non aprì le palpebre. Non riuscivo a capire cosa stesse cercando di dire, o se ci stesse provando.

Guardai Domm, alzai le sopracciglia, ma lui scosse la testa. «Non ho capito.»

Mi fece un cenno e ci allontanammo dalla piccola

femmina. Parlò sottovoce. «A questo punto è praticamente una prigioniera nemica. Fornirle cure mediche è facoltativo.» Ma contrasse la mascella. Ero sicuro che non la vedesse come una normale prigioniera.

Ringhiai. «Ci ha aiutati a scappare.»

«Dopo che è stata lei a causare il problema» sottolineò.

«Lo so.»

«Non so cosa farà re Zander con lei.» Incrociò le braccia come se fosse arrabbiato, ma il suo sguardo era fisso su Mirelle, la preoccupazione era ancora impressa sul suo volto.

C'era qualcosa di irresistibile in lei. Chiaramente, non ero l'unico a sentirlo.

«La voglio.» Stavo rivendicando la mia pretesa, sì, ma misuravo anche il suo interesse.

Il mio migliore amico non mostrò alcuna sorpresa. «Sì. È perfetta per noi.» Entrambi la guardammo mentre il suo petto si sollevava a malapena per il respiro. «Se sopravvive.»

Il suo viso divenne ancora più pallido e tossì, ma era come se tutto il suo corpo non riuscisse a sopportarlo.

La paura mi lacerava il petto, più feroce di qualsiasi altra avessi mai sperimentato in qualsiasi battaglia. Peggio ancora dell'invasione dei finn, quando fui separato per sempre dalla mia famiglia dopo soli quattro cicli solari. Perché avrei dovuto temere per questa piccola ribelle, un essere umano che non conoscevo nemmeno?

Non aveva senso logico, ma il bisogno di proteggerla, di aiutarla in qualche modo, mi travolse.

Mi sedetti accanto a lei, appoggiando la schiena al muro, e parlai con la sua figura inconscia, come se le mie parole fossero un'impalcatura che la sosteneva in aria per non farla cadere. In modo che non volasse via da noi per sempre.

Tossì, un rantolo mortale, e qualcosa mi si bloccò nel petto. Le toccai la mano. Stava diventando più fredda.

«Sta svanendo.» La mia voce era piena di preoccupazione. «Abbiamo bisogno di qualcosa di più. Il tempo a nostra disposizione sta per scadere.»

Lanciai un'occhiata verso Archer, ma era occupato con l'altra schiava e sua figlia.

Domm si alzò e prese qualcosa da un contenitore medico. «Il dottor Daneth ha detto di usarlo in caso di emergenza.» Teneva stretta in mano una provetta di vetro con una specie di substrato giallo sul fondo.

«Che cos'è?» Aggrottai la fronte e la presi.

«Kit per la donazione del sangue. Possiamo donare un po' del nostro sangue a Mirelle.»

«Non sono un medico, ma so che il nostro sangue è incompatibile.» Incrociai le braccia. «La uccideremmo se ci provassimo.»

Archer deglutì. Era tornato al nostro fianco, dopo aver sistemato le altre umane. «Questo kit estrae i componenti essenziali zandiani dal nostro sangue, non dalle cellule del sangue intero e dal plasma.»

«Come la nostra energia cristallina?» Domm inclinò la testa.

«Sì.» Archer si schiarì la voce e lanciò un'occhiata a Mirelle. «Sta diventando più debole. Dobbiamo provarci.»

«Non possiamo usare direttamente i cristalli?» Domm si guardò intorno nella cabina. «Più veloce e più facile?»

«Ha detto così.» Archer scosse la testa. «Durante l'ultimo briefing.»

Tesi il braccio, arrabbiato per essermi perso quell'aggiornamento. «Allora fallo.» Deglutii a fatica. «Come funziona?»

«È facile.» Archer lesse la targhetta. «Attaccatelo al braccio e l'ago estrarrà un po' di sangue. Il substrato nel tubo assorbirà tutto tranne i nutrienti essenziali di cui ha bisogno.»

«Va bene.» Inspirai e tesi il dispositivo sulla pelle. «Sono pronto.»

La puntura non fece male, ma mi spaventò per un secondo, e quando vidi il mio sangue riempire la provetta, rimasi ipnotizzato dal colore e dal modo in cui lampeggiava alla luce. Era raro vedere il mio sangue al di fuori del contesto di una battaglia, e questo flusso pacifico era stranamente piacevole.

Ma poi il cilindro emise un segnale acustico e lampeggiò in rosso.

«L'ho fatto male?» il battito mi accelerò.

Archer si fece avanti. «No. Ma non possiamo recuperare troppo da un singolo zandiano. Non possiamo permetterci di consumare le nostre energie durante una missione.»

«Ok, è abbastanza per aiutarla?» Mi accigliai.

«Non ancora,» disse Archer.

«Lasciamelo fare. Posso aiutare.» Domm si rimboccò la manica. «Sbrigati.»

Ce n'era abbastanza per far lampeggiare il tubo di verde.

«Sbrigati. Daglielo.» Avevo fretta e non mi interessava che gli altri due vedessero il mio interesse per lei.

Quando Archer le mise il dispositivo al braccio, non sussultò. E per qualche minuto nulla sembrò cambiare.

Ma poi notai un cambiamento molto leggero nella sua pelle, una sfumatura di rosa pallido che accendeva il grigio ceroso, e il suo respiro che si uniformava leggermente.

«Sta funzionando.» Il sollievo si riversò in me.

«Bene.» Domm rilassò le spalle.

Tutto il mio corpo vibrava di preoccupazione per lei. Non sapevo cosa ci fosse in lei che mi aveva estasiato. Ci aveva quasi fatti uccidere tutti con la sua bravata. Ma diamine, avevo più interesse per questo piccolo essere umano problematico che per qualsiasi altra creatura incontrata in tutti i miei cicli solari in questo universo.

E mentre tornavamo velocemente verso Zandia, Domm e io ci sedemmo accanto a lei, parlandole a turno, e quando arrivammo a destinazione, eravamo giunti a un accordo: questa umana ora era nostra. E niente ce l'avrebbe portata via.

~

MIRELLE

LA VOCE profonda dello Zandiano mi allontanava dal dolore.

Lanz.

Lo vedevo di tanto in tanto quando aprivo gli occhi, ma erano brevi momenti e lampi di luce. Le sue labbra si muovevano, ma non ero sicura di cosa stesse dicendo. Mi stava raccontando storie di battaglie?

Volevo svanire, ma la sua voce mi costringeva ad ascoltare. Burbero e roco, c'era qualcosa nel tono che mi intrigava e, nonostante la stanchezza nelle ossa, quando lo sentivo parlare, volevo continuare a vivere. Anche se ero stata catturata.

Poi parlava l'altro: Domm, e il mio corpo si svegliava. Perché, quando parlava, le mie vene danzavano, spingendo il sangue. Potevo quasi vederlo nella mia mente. Probabilmente era perché ero vicina alla morte, ma non ero mai stata così consapevole del battito del mio cuore, di come le mie vene fossero tubi carnosi cavi, sottili e flessibili. Ma nonostante fossero piccole, erano forti e ora c'era una nuova energia in me. Non sapevo da dove venisse, ma la afferrai con tutta la mia capacità e la guidai, mentre il mio sangue scorreva, incoraggiando il mio corpo a restare e combattere.

CAPITOLO QUATTRO

Mirelle

«No!» Mi svegliai urlando, con il cuore che batteva forte, il corpo inzuppato di sudore freddo e acre. La spalla mi bruciava come se fosse in fiamme e tutto il mio corpo combatteva contro di me, ma la scarica di adrenalina era così forte che mi liberai dalle costrizioni che mi tenevano le braccia. «Stai lontano!»

Ansimavo e tremavo, avevo gli occhi offuscati, la testa girava. Le figure si formavano e si riformavano davanti a me, ma tutto sembrava essere sott'acqua e non riuscivo a capirne il senso.

«Vattene!» Mi scagliai con le mie mosse da combattente, ma mi esaurii così tanto che caddi all'indietro sul cuscino inzuppato, con i capelli che puzzavano come un animale morto e le ciocche appiccicate al viso come viscere. Quando allungai la mano per respingerlo, strani tubi trasparenti mi pendevano dalle braccia e dalle mani, come parti del corpo capovolte.

«Calmati, Mirelle. Nessun essere ti farà del male.» Una calma voce femminile si intromise nel mio panico.

«Chi sei? Allontanati da me.» La mia voce era così roca che non la riconobbi. Il cuore mi batteva così forte che temevo di svenire.

«Sei in una capsula medica sul pianeta Zandia. La tua spalla è gravemente danneggiata e sei debole.»

Questo era vero, la parte riguardante la mia spalla. Il dolore lancinante prosciugava tutta l'energia dal mio corpo. Ma non sapevo perché e come...

La memoria riaffiorò e con essa il vomito, mi sporsi in avanti per espellere tutto ciò che avevo nello stomaco in un'esplosione violenta.

«Andrà tutto bene.» Il tono era così rassicurante che avrei quasi voluto fidarmi di chi parlava, ma non potevo. Perché ora che mi era tornata la memoria, capivo dove dovevo essere. «Se smetti di combattere, non ti legherò le braccia.»

Ero su Zandia. Una prigioniera. Il posto peggiore per una che combatteva per la libertà.

Beh, non il peggiore. La cosa peggiore sarebbe stata la baia degli schiavi sulla navicella ocreziana. O l'asta dalla quale avevo salvato le mie due umane. Oppure... il punto era che sì, c'erano posti peggiori, ma questo non era comunque buono. Perché se non ero riuscita a scappare da loro quando erano solo una manciata, come sarei potuta scappare da un intero pianeta?

L'oratrice mi pulì con mani piccole, fresche ed efficienti. E.... *umane*.

Sussultai e la guardai. Sbattei le palpebre e sforzai la vista per qualche istante.

«Sei umana?» Tremai mentre mi toglieva la veste leggera e mi aiutava a metterne un'altra.

«Questa è tutta sudata. E si è sporcata di vomito. Te ne do una asciutta.» Mi guardò. «Sì. Sono Bayla.»

«Sei una schiava?» Tossii. «E ti hanno lasciata lavorare in una capsula medica?»

Mi mise un tubo di fluido in bocca. «Non sono più una schiava. Lavoro con il dottore. Sono la sua compagna.»

«Non capisco.»

«Per favore, non agitarti. Ci sarà tempo più tardi per le domande. In questo momento concentrati sulla guarigione.»

«No, ho bisogno di saperlo adesso.» Mi sforzai di sedermi, dell'altro sudore mi si formò sulla fronte anche se mi aveva asciugato e avvolto la testa in un panno morbido.

Si sedette sul bordo del mio letto e mi prese la mano. Quasi cominciai a piangere al solo tocco e le afferrai la mano con entrambe le mie. Poi scesero le lacrime, perché era un altro essere umano e non era in pericolo.

«Ero una schiava. Gli zandiani mi hanno salvata e sono stata accoppiata con uno di loro. Adesso sono libera e vivo qui, sono parte della società zandiana.»

«Ma gli zandiani prendono le umane come schiave. Le comprano. Le usano. Lo sanno tutti.»

«Le comprano.» Mi accarezzò la mano. «Sono necessarie qui. Gli zandiani sono quasi estinti e ci sono solo due femmine zandiane viventi in grado di generare figli. Le umane sono le migliori compagne per i maschi zandiani.»

«Quindi siete schiave da riproduzione.»

«È complicato.»

«Complicato significa non libero.»

«Devo controllarti la spalla. Posso?» Mi indicò.

Abbassai lo sguardo. «Sì.»

La guardai togliere la benda, che a malapena aderiva alla ferita.

«Bene.» Sembrò contenta. «I lembi si chiudono bene. Quando ti hanno portata qui, le ossa erano esposte e avevi perso molto sangue. Per non parlare dei danni da ustione.»

«Come ha fatto a guarire così in fretta?» Ero ipnotizzata. «Non è possibile.»

«Il pacchetto curativo ha aiutato.» Prese qualcosa da un tavolino. «È un nuovo kit sviluppato da uno dei nostri medici umani in formazione.»

«Veramente?» Mi sporsi in avanti, con l'attenzione al massimo. Avevano umani che si stavano formando per diventare medici su questo pianeta? Quanto bene avrebbero potuto fare se avessi potuto portarne uno a Jesel...

«Sì. Ma penso che ciò che ha davvero aiutato sia stata la donazione di sangue da parte di due guerrieri zandiani a bordo della navicella.»

«Sangue zandiano?» Mi accigliai.

«Non ricordi?»

Scossi la testa. «Dopo che mi sono infortunata, non ricordo molto.» Ricordavo però i due zandiani. I loro volti dalla mascella squadrata e le antenne. I loro occhi attenti. I loro enormi corpi muscolosi, forti e tesi.

Il calore mi punse tra le cosce e fui sorpresa dalla mia reazione. Forse perché avevo sentito che sarei potuta diventare una fattrice zandiana? Tremai, eppure il calore non faceva che aumentare. Il pensiero di quei grossi maschi zandiani che si insinuavano dentro di me mi fece muovere i fianchi e stringere le cosce. Sarebbero stati agili nel sesso come lo erano in battaglia?

Scossi la testa per respingere quel pensiero e mi sdraiai, guardando Bayla.

Ogni volta che distoglieva lo sguardo da me, cercavo di scrutare la stanza, di memorizzare la disposizione, l'uscita, gli oggetti. Quando gli occhi collaboravano, perché la mia vista continuava a saltare e a offuscarsi. C'era una buona notizia. C'erano così tante cose meravigliose qui che avrebbero potuto essere trasformate in armi ad hoc; anche indebolita com'ero, avrei potuto uccidere quest'umana senza problemi.

Ma non lo avrei fatto. Era della mia stessa specie e non avrei mai fatto del male a un altro essere umano, innocente. Naturalmente, se l'umano avesse... tremai, allontanando vecchi ricordi marci dell'infanzia che dovevano rimanere sepolti.

«Stai cercando qualcosa da usare come arma?» mi sorrise.

Mi accigliai per il fatto di essere stata così facile da capire. «Sono curiosa di capire ciò che mi circonda.»

«So che sei una combattente. Lo sappiamo tutti.»

Non risposi.

Mi prese di nuovo la mano. Glielo lasciai fare.

La sua voce era bassa. «Sei in una situazione unica. Mirelle, no?»

Annuii. Il tocco della sua mano era così gentile che mi provocò uno spiacevole movimento nel petto. Madre Terra, l'infortunio mi aveva davvero messa nei guai. Avevo bisogno di rimettere la testa a posto.

«Non sei una schiava, ma non sei nemmeno libera.»

«Prigioniera di guerra» dissi con voce piatta.

Si morse il labbro. «Beh, non esattamente.»

«Mi considerano pericolosa?» Allungai il collo per guardare la porta, ma era chiusa. Non riuscivo a vedere chi, o cosa, aspettasse o facesse la guardia oltre.

«Sì.» Deglutì. Poi guardò altrove.

«Eppure tu sei qui da sola. Non sono preoccupati?»

«Non sono proprio sola.» Sorrise leggermente. «Ho un'unità di comunicazione.» Si toccò il polso. «E gli umani non fanno mai del male ad altri umani, almeno alle donne. È quasi una legge universale.»

«Una legge universale.» Ripetei le sue parole. «Sì.»

«Perché siamo tutti nella stessa situazione.» Annuì. «Inoltre, c'è anche il dottore.»

Girai la testa, sorpresa: come avevo fatto a non vederlo? Era uno zandiano, più vecchio dei guerrieri sulla nave, ma ancora alto e feroce. Gli occhi avevano un'espressione di profondo interesse e intelligenza. Se ne stava in disparte, ma avrei dovuto inquadrarlo con la mia visione periferica.

I miei riflessi erano completamente confusi. Mi assalì il panico e respirai velocemente.

«Ti esaminerà, Mirelle. Ho bisogno che tu rimanga calma. Ce la fai?»

Annuii, osservando attentamente i suoi movimenti. «Sì.» *Profilo basso. Impara da ciò che ti circonda. Pianifica per dopo.* «Che cosa accadrà?»

Parlare mi stancava, mi girava la testa e la vista si offuscò di nuovo.

«Non appena sarai abbastanza in forze, andrai davanti a Re Zander, il nostro leader. Deciderà lui il tuo destino.» Le mani del medico furono veloci e professionali, controllarono la mia ferita, fecero qualcosa con un dispositivo.

Questo non sembrava promettente, ma il mio corpo aveva iniziato a scivolare nell'incoscienza e non potevo oppormi.

«Mi ricordi come ti chiami?»

Lo chiese lui, ma ero già oltre il limite e le parole si paralizzarono mentre chiudevo gli occhi.

DOMM

RE ZANDER MISE la mano sul pugnale. Gli vibrarono le antenne mentre esaminava ognuno di noi a turno.

«Quindi, per essere chiari.» Camminò su e giù. «Una combattente per la libertà umana ha rubato le schiave che avete acquistato all'asta, vi è sfuggita, ha attirato l'attenzione degli ocreziani ed è responsabile del più grande disastro di salvataggio dell'ultimo ciclo solare?»

Archer e Lanz si mossero.

«Esatto, mio signore.» Mi sentii avvampare sotto il colletto.

«E adesso è in custodia presso l'assistenza medica?»

«Sì, mio signore.» Chinai la testa. «Sta guarendo da una grave ferita che l'ha quasi uccisa.» Aggiunsi: «Ci ha assistiti distraendo l'ocreziano e aiutandoci a salvare la nostra nave. Ha combattuto bene, approfittando anche dell'abilità nell'inganno.»

Re Zander non rispose. Guardò il maestro Seke. «Che ne pensi?»

«Sono incuriosito dalle sue capacità. Il modo in cui mi avete descritto la battaglia mi fa pensare che abbia riflessi e allenamento superiori. Ci sono altre femmine umane come questa?» Guardò il re. «Se così fosse, dovremmo indagare. Potrebbe essere un potenziale vantaggio per la nostra società. Geni degni di mescolarsi con i nostri per le future generazioni di guerrieri.»

«Crediamo che fosse diretta a Jesel» aggiunse Archer. «E che l'abbia già fatto prima. Più di una volta.»

«Come fate a saperlo?»

Lanz si fece avanti. «Per la sua familiarità con il processo. Penso che fosse impegnata a salvare le umane e a portarle in salvo.»

«Rubare, vuoi dire. Se pensi che Jesel sia un posto sicuro.» Archer aggrottò la fronte. «Gli ocreziani fanno irruzione di tanto in tanto, per non parlare dei pirati che potrebbero capitare lì. E non esistono leggi: le donne umane devono temere i maschi lì come in qualsiasi altro posto. Anche quelli della loro stessa specie. Come un essere possa sopravvivere lì, non lo so. È molto peggio ora di quanto non sia mai stato. Probabilmente ogni essere che si trova lì finirà per morire presto.»

«Chi sopravvive lì deve avere una forte volontà» aggiunsi, pensando alla forza e al coraggio di Mirelle.

«La domanda è cosa dobbiamo fare con lei adesso.» Re Zander alzò una mano. «Ascolterò i vostri suggerimenti, dato che siete stati voi ad arrestarla.»

«Domm e io desideriamo tenerla, mio signore» lo interruppe Lanz. Uno scatto della sua mascella mi fece intuire quanto fosse turbato rispetto a questa richiesta. «Se ci sono degli zandiani che devono accoppiarsi con lei, quelli dovremmo essere noi. È nostra.»

Maledissi dentro di me il mio migliore amico per averla messa così, *kazo*. Avevamo buone possibilità di riuscirci, se avessimo mostrato il giusto rispetto e onore.

«Vostra?» Re Zander alzò un sopracciglio. Aveva usato un tono glaciale perché Lanz si era espresso in modo chiaramente fuori luogo.

Mi inchinai. «Mio signore, le abbiamo dato il nostro sangue per salvarla... entrambi.» Parlai velocemente per ammorbidire la mancanza di rispetto di Lanz. Dovevo farlo capire al re. «Siamo legati già adesso, anche prima di considerare di perforarla con il nostro cristallo. La addestreremo e la condizioneremo per la vita zandiana.»

«Come pensate di farlo?»

«La porteremo con noi. In missione. O a vivere con noi sul pianeta.» Osai guardarlo negli occhi. «Le insegneremo che ci appartiene, adesso. A rispettare l'autorità zandiana. A inchinarsi ad essa. Diventarne parte.»

Le femmine umane rispondevano bene ai legami sessuali

e alle punizioni, come tutti avevamo sentito da quei fortunati zandiani che avevano delle compagne. Il mio cazzo si mosse. Pensai ai capelli rossi della nostra piccola guerriera, ai suoi occhi scintillanti. Sì, non vedevo l'ora di accoppiarmi con questa esuberante umana. Farla mia. Dominarla in modi che le avrebbero arrecato piacere e obbedienza in egual misura.

Lanz si schiarì la voce. «Ha delle abilità che possiamo utilizzare per il bene di Zandia, mio signore.»

Aggiunsi: «Una volta che scoprirà che questa è la sua nuova vita, sarà una grande risorsa per il nostro pianeta. E per noi.»

«Entrambi?» Re Zander ci guardò. «Ne avete discusso e siete consapevoli della responsabilità che deriva da un simile legame?»

«Siamo pronti per questo» dissi con fermezza. «Siamo partner di combattimento, compagni di battaglia e amici. Trascorriamo la maggior parte del nostro tempo insieme già così.»

«Eppure non condividete un posto dove stare.» Il re sembrava scettico.

«Non sarà...» iniziò Lanz, accigliandosi.

Intervenni. «Altri gruppi hanno condiviso una casa solo dopo avere ottenuto la loro compagna.» Mi schiarii la gola.

Il re guardò Seke, poi di nuovo noi. «Vi concederò una collaborazione temporanea con la prigioniera umana, Mirelle. Voi due potreste prenderla come compagna e riabilitarla in modo che possa adattarsi completamente alla vita su Zandia. Ma rivaluterò la cosa tra qualche ciclo lunare per garantire che questo sia un legame sano per il nostro pianeta e per voi, che siete tra i nostri combattenti più feroci. Non possiamo permetterci di distrarvi.»

Entrambi ci inchinammo. «D'accordo, mio signore. Grazie.»

«Il vostro obiettivo è neutralizzare qualsiasi minaccia che rappresenta. Fatele rispettare la legge e la vita zandiana. Convincetela a usare i suoi talenti per aiutare i cittadini di Zandia a prosperare, e per proteggerci. Aiutatela a essere parte integrante e interattiva di questa società. Uno qualunque tra questi obiettivi non raggiunto sarà considerato un fallimento.»

È tutto? Avrei voluto dirlo, ma non si parlava in questo modo al re. E aveva ragione. Se non fosse riuscita a fare queste cose, non si sarebbe adattata al nostro pianeta. Fui sorpreso dall'ansia che saliva, ma pensai anche che avrebbe potuto essere una possibilità.

«Inteso.» Annuii. «Non falliremo.»

«Assicuratevi di fare un buon lavoro con lei.» Fece per andarsene, poi tornò indietro. «Il dottor Daneth può consigliarvi delle tecniche appropriate per... domarla.»

Tutto il mio corpo si risvegliò, all'idea di domare il nostro piccolo essere umano. *Kazo,* questo sarebbe stato il momento più bello della mia vita.

~

Mirelle

Questo era il momento peggiore della mia vita.

No, il momento peggiore era stato quando avevo perso mia sorella.

Ma questo ci andava vicino.

Perché mi avrebbero data ai due guerrieri che mi avevano catturata, come loro compagna. Qui su Zandia.

Non come schiava, avevano detto.

Ma per favore.

Era solo semantica. Se mi trovavo bloccata qui e non potevo tornare a casa e dovevo servire due nuovi padroni, quale parte del concetto di schiavitù non si adattava a tale descrizione?

Stavano venendo a prendere me, la loro nuova *proprietà*, qui alla capsula medica. Mi sentivo come una prigioniera prossima all'esecuzione mentre mi alzavo e aspettavo.

Bayla fu premurosa, si affaccendò intorno a me, raccogliendo un kit di bende e medicinali. Unguento in un tubo d'argento lucido. Indumenti, piegati in una pila ordinata, i bordi concisi e uniformi. Una spazzola per capelli, una scatola di sapone che aveva un profumo dolce e rinfrescante. «Questo proviene dai fiori coltivati nella fattoria di Torin» mi disse, come se mi importasse chi fosse o cosa facesse. Anche se la curiosità aumentò quando aggiunse: «Ha anche creato questa lozione, che aiuterà i tessuti cicatrizzati a ridursi nel tempo.»

«Davvero?» Presi il tubo d'argento e lo esaminai, come se l'esterno potesse suggerirmi qualcosa sulla donna che lo aveva creato. «Una schiava?»

«Non è una schiava.» La sua voce era calma, ma potevo percepire la sua leggera frustrazione per il fatto di doverlo ripetere più e più volte, ogni volta che parlavamo di una donna umana su Zandia. «Un'umana che è cittadina zandiana, adesso. Ha creato molti prodotti utili per il nostro pianeta.»

«Se gli esseri umani vengono portati qui con la forza e non gli viene permesso di andarsene, allora tecnicamente siamo schiavi…giusto? Non importa come la metti.»

Ero certa che volesse parlarne ancora, perché il suo viso aveva quell'espressione determinata che ora riconoscevo.

Mi piaceva Bayla, in realtà, molto. Era intelligente e gentile. E a dire il vero, ero incuriosita, non poco, da quanto le fosse stato fatto il lavaggio del cervello riguardo alla vita qui su Zandia, e da quanto fosse presumibilmente meravigliosa per le femmine umane.

Sarebbe stata un fantastico acquisto da portare a Jesel. Un essere con il suo cervello e le sue capacità mediche? Avevamo bisogno di qualcuno così, assolutamente, anche solo per continuare ad arrancare. Ma sfondare il guscio di amore che provava per chi la tratteneva sarebbe stata una sfida.

Avrei dovuto fingere di adattarmi qui, se potevo. Aspettare il momento. Guadagnare fiducia. Allora sicuramente ci sarebbe stata la possibilità di rubare un velivolo e scappare. Allontanarmi da qui in modo tale che non mi venissero a cercare. Non sapevo come, ma insomma, ero intelligente. Lo avrei capito. Il mio obiettivo era salvare gli esseri umani e forse atterrare su questo pianeta faceva parte di questo quadro. Perché c'erano così tante donne umane qui che avevano bisogno di essere salvate.

Mi venne in mente qualcosa e mi toccai il collo. Vuoto.

Deglutii e misi giù la mano. Non era nulla in confronto al più grande schema delle cose.

«Stai cercando la tua collana?» Bayla aprì una scatola e sentii un leggero clic della serratura. «La catena è spezzata, ma il ciondolo è intatto. Era incastrato tra i tuoi capelli insanguinati. Porgendomelo, aggiunse: «L'ho conservato. Sembrava importante.»

Trattenni il respiro e le dita mi tremarono mentre la catena mi cadeva nel palmo con un leggero fruscio.

«Grazie.» Mi schiarii la gola.

«È una fiamma? D'argento?» si avvicinò, curiosa. Come un'amica, non come una rapitrice.

Il suo interesse non era sgradito. E non avevo mai avuto veramente un'amica; qualcosa in me assorbì avidamente queste briciole di interazione umana.

«Sì.» Annuii una volta. Aprii le dita per mostrarlo, poi le strinsi forte.

«È bellissimo.» Sembrava impaziente. «Non abbiamo argento qui su Zandia, ma può essere importato. Naturalmente la decorazione non è la cosa più importante in questo momento.»

«Non è una decorazione.» Strizzai gli occhi, costringendoli a collaborare. La catena era semplicemente spezzata. Con delle pinze e una saldatrice sarebbe stato facile ripararla, ma no. Non ora.

«È una specie di talismano?» Alla mia espressione, lei si chiuse. «Mi dispiace. Non ti chiederò altro, se si tratta di un argomento delicato.»

Annuii. Riuscivo a malapena a pensare in questo momento, figuriamoci raccontarle tutta la storia della mia vita. Di mia madre e di mia sorella, e di come io e mio padre salvavamo le donne in loro onore. Di come la fiamma fosse stata un regalo di mia madre, che non avevo mai nemmeno conosciuto.

«Senti, ho un'idea.» Andò al bancone e tornò con un sottile filamento bianco. «Filo interdentale. È molto forte. Puoi usarlo per legare insieme le estremità della catena in modo da poterla ancora indossare.»

Mi tremavano le mani, quindi lei mi prese la collana e attaccò abilmente il flessibile cordino. «Ecco. Provalo.»

«Grazie.» Avere di nuovo la collana era un conforto, anche se pendeva un po' più in basso di prima, il che sembrava strano e diverso. Passai l'indice sulla fiamma e presi fiato. «È stato molto gentile da parte tua.» O intelligente. Avrebbe potuto essere semplicemente una mossa attentamente studiata per guadagnarsi la mia fiducia, per farmi abbassare la guardia. Per provare a farmi il lavaggio del cervello come avevano fatto alle altre donne umane qui. Era quello che avrei fatto io, al suo posto.

«E questo ti sorprende.» Non era una domanda.

Non risposi. Mi toccò la mano. «Niente di tutto questo è un trucco. Vivere qui è la cosa migliore che potesse capitarmi e vorrei che potesse piacere anche a te.» La sua voce era così seria che per un secondo quasi credetti alle sue parole.

Stavo per risponderle ma bussarono alla porta.

«Sono qui.» Fece scivolare gli oggetti che aveva raccolto in una borsa di stoffa. «Sei pronta a incontrare i tuoi compagni?»

«Ci siamo già incontrati, quindi...» iniziai, con tono sarcastico, e poi la porta si aprì, rivelando i miei nuovi proprietari. *Padroni*. E le mie parole si affievolirono, perché, Madre Terra, vederli alla luce della rotazione del pianeta, con gli occhi non annebbiati dalla battaglia e dal bisogno di fuggire, mi fece vedere quanto fossero veramente intimidatori questi guerrieri. Erano alti almeno due metri e mezzo, senza contare le antenne, e le loro spalle erano larghe il doppio delle mie. Ogni linea dei loro corpi era marcata da muscoli sodi.

Mi misi una mano alla bocca e feci un passo indietro. I loro occhi castani mi scrutarono. Le antenne si inclinarono nella mia direzione. Potevo praticamente sentire i feromoni nell'aria e il mio corpo rispose immediatamente, mentre il calore mi scendeva come una cascata nel basso ventre.

Non mi ero mai sentita così prima, così attratta da un altro essere. Per non parlare di due. Non capivo come o perché accadesse.

«Ehm.» Ero davvero senza parole.

«Mirelle.» Lanz si fece avanti. «Hai un aspetto migliore. Io sono Lanz, lui è Domm. Devi venire con noi.»

Alzai il mento. «Mi ricordo di voi. E suppongo di non avere scelta.»

«No.» Mi guardò senza battere ciglio. «Non hai scelta.» Le loro espressioni erano imperscrutabili.

«Non sono una schiava» mormorai a Bayla e le rivolsi uno sguardo cupo.

Mi toccò il braccio. «Per favore, mantieni la mente aperta. Vedrai presto che questa è una bella vita.»

«Ne avevo già una. Ero libera, qualcosa che la maggior parte degli esseri umani non può rivendicare. Non ho bisogno di una nuova vita.» Fu una risposta automatica, perché non riuscivo a staccare gli occhi da Lanz. Il suo petto e le sue braccia erano così forti, potenti. Il suo sguardo bruciava, e qualcosa in me divenne caldo e morbido, diffondendo una sensazione di formicolio nelle mie vene. Il mio respiro accelerò.

Mi accigliai. «Potete costringermi a venire con voi, ma non mi sottometterò mai.»

«Vedremo.» Quello più alto, Domm, parlò con disinvoltura, ma il suo sguardo era intenso, puntato su di me. «Potresti sorprenderti.» Fece un passo avanti. «E finché non ti sarai dimostrata degna di fiducia, mi dispiace, ma dovremo ammanettarti.»

«Perché combatti come una *vipn*» spiegò Lanz, nel caso non avessi capito.

Alzai gli occhi al cielo. «Dovrebbe essere un complimento?»

«Uccidono gli esseri ad ogni ciclo solare» mi sussurrò Bayla.

«Tendi le mani» ordinò Domm. «Polsi uniti.»

Ribollii. «Sono feroci, queste *vipn*?» Avevo il viso accaldato mentre guardavo Bayla. Temevo di avere sul viso un'espressione supplichevole e infantile. Avevo uno strano nodo in gola.

«Oh, sono terribili» mi assicurò. Poi mi diede una pacca sulla spalla buona.

Parzialmente addolcita, allungai i polsi per farli chiudere nelle manette magnetiche. Anche se una parte di me moriva dentro al pensiero di permetterlo, l'alternativa – forzare un combattimento che avrei perso, finendo ferita -semplicemente non era una cosa intelligente.

«Ci hai sicuramente sorpresi.» Anche Lanz si fece avanti e provò le manette. «Non sono troppo strette?» Infilò un dito tra la manetta e la mia pelle. «Non vogliamo farti del male.»

«Sei una combattente impressionante. Non vediamo l'ora di saperne di più su di te» affermò Domm.

«Non imparerete nulla.»

«Sei intelligente e in questo momento sai che la tua migliore e unica vera opzione è venire con noi, adesso, per vedere il nostro re. Sarai rispettosa ed educata, se desideri restare fuori da una prigione zandiana.» Domm alzò un sopracciglio, la potenza della sua voce dominava la stanza.

Sapevo che era meglio non discutere, quindi annuii, con un breve movimento della testa. Alzai il mento. Madre Terra, era più difficile di quanto potessi immaginare. Ma allo stesso tempo pensai a tutte le donne che avevo salvato da situazioni orribili. Almeno i miei rapitori erano belli e attraenti e sembravano... gentili. A modo loro. Sarebbe potuta andare peggio.

«Che cosa è successo a....» Sbattei le palpebre: avevo mai saputo i loro nomi?

«Sono anche loro nella capsula medica.» Lanz mi prese il braccio. «Vieni.» Percorremmo un corridoio.

«Sono ferite? Cosa gli accadrà?»

«Sono più colpite mentalmente che fisicamente. Archer... l'altro sulla nostra nave, le sta aiutando.»

«Ho bisogno di parlare con loro.» Chiusi il pugno, piena

di rabbia impotente. «Non sono nemmeno riuscita a sapere i loro nomi. O le loro storie.»

«Non ancora.»

La sorpresa crebbe dentro di me. «Quando?» Non mi aspettavo che dicesse di sì.

«Una volta che si saranno riprese e tu sarai...collocata.»

«Le ho deluse.»

Smisero di camminare. Domm si girò verso di me, con espressione solenne, e senza pensare, feci un passo indietro, pronta a combattere. Il cuore già batteva forte. Ma no. Ero ammanettata, in inferiorità numerica. Espirai.

Sbatté le palpebre, poi guardò Lanz, poi di nuovo me, e non potei fare a meno di irrigidirmi di nuovo. Sapevo che poteva sentirlo: i guerrieri erano in sintonia con tutti coloro che li circondavano.

Con mia sorpresa, si chinò per portare il suo viso all'altezza del mio, con un'espressione curiosa. «Come diavolo pensi di averlo fatto?»

«Io... loro sono qui. Prigioniere. Avrei dovuto portarle in salvo.» Vederlo abbassarsi in questo modo fece sì che la mia tensione si sciogliesse immediatamente. Rilassai le spalle.

«Sono al sicuro qui.» Prese le mie mani ammanettate tra le sue. La sua mano era grande e calda, quasi rassicurante. Ma non era giusto. Non potevo fidarmi di nulla di ciò che volevano affibbiarmi.

«Non è lo stesso. Non sono libere.»

«Penso che tu debba considerare» disse Domm, allungandosi in tutta la sua altezza, «esattamente che tipo di libertà potrebbero avere su Jesel.» Alzò un sopracciglio. «Hmm?»

Digrignai i denti. «Non abbiamo padroni lì. Siamo noi i padroni di noi stessi.»

«Per come la vedo io, siete alla mercé degli ocreziani, quando vogliono fare irruzione. E non ci sono dilaganti lotte intestine tra gli umani che vivono lì? Ho sentito che è poco più di una colonia penale, senza leggi.»

«Ci stiamo lavorando» sbottai, anche se mi si gelò il sangue. Mio padre... non stava diventando più giovane. Gli attacchi dal nord erano stati più violenti ultimamente e Domm non aveva torto riguardo agli ocreziani. Una volta scoperto che gli umani avevano un avamposto segreto, avevano fatto irruzione. Avevano preso alcuni dei maschi più giovani e tutte le femmine, quelle che non erano riuscite a nascondersi nel sistema di caverne, prima di perdere interesse. Immaginavo che sarebbero tornati, abbastanza presto, per controllare coloro che avevano lasciato indietro. Jesel era a un passo dalla morte. Almeno per gli esseri umani.

«Come?»

Il tono della sua voce, carico sia di empatia che di incredulità, mi fece arrabbiare.

«È riservato» sbottai.

Rise, poi si girò e disse qualcosa in zandiano che non riuscii a capire. Ma dal modo in cui mi guardarono entrambi, dall'apprezzamento nei loro occhi, ero abbastanza sicura che fosse inappropriatamente sessuale.

Anche se, considerato che dovevo essere accoppiata con loro, supponevo che lo considerassero del tutto appropriato.

CAPITOLO CINQUE

Mirelle

«Quando vedi il re, china la testa e chiamalo mio signore» ordinò Domm, con voce ferma. «Capito?»

«Sì, mio signore» sorrisi e alzai gli occhi al cielo. «Assolutamente, mio signore e padrone.»

Entrambi i maschi sembrarono soffocare un sorriso, il che mi sorprese. Non avevo alcuna esperienza con i padroni, ma mi aspettavo di vedere presto uno shock stick.

Domm mi mise una mano sul braccio. «Mirelle, non costringermi a disciplinarti così presto.»

Ah, ecco la minaccia che mi aspettavo. «Disciplina?»

«Sappiamo che le femmine umane hanno bisogno di disciplina e stimolazione sessuale per legarsi ai loro compagni.»

Smisi di camminare. «Cosa?» Di cosa stavano parlando questi guerrieri, per tutto ciò che era sacro e umano? *Disciplina e stimolazione sessuale?*

Lanz si girò, si lasciò andare a un'espressione divertita

prima di nasconderla. «Sì. Punizione leggera applicata alle tue parti femminili. Le tue natiche e i tuoi seni nudi.»

Come se la semplice menzione di tali parti li avesse toccati, i miei capezzoli si tesero, le natiche si strinsero. Il calore mi si riversò lungo l'interno delle cosce.

Lanz e Domm mi si avvicinarono, come se il calore del mio imbarazzo li attraesse a me. I loro occhi cambiarono dal marrone al viola e le loro antenne sembrarono più spesse. Più alte. Anche più rigide.

«Non potete sculacciarmi» Spalancai gli occhi. «Non è…. no.»

«Come padroni assegnati a te, è nostro dovere creare un legame per il ricondizionamento.»

«Ma... sculacciarmi?» Non riuscivo a convincere la mia mente a comprenderlo. Ero preparata a tutti i tipi di terribili torture, eppure ciò che proponevano mi faceva vacillare. Punizioni sessuali? Umiliante, intimo... la figa si strinse mentre il calore inondava tutto il mio corpo.

«Esattamente.» Indicò una porta. «Ora entreremo lì e tu sarai contrita ed educata e chiederai asilo qui.»

«Non penso proprio...»

Domm mi piazzò una manona sul sedere e mi diede una pacca. Se voleva essere un avvertimento, il mio corpo fraintese. Dovetti spostarmi e stringere insieme l'interno delle cosce, cercando di ottenere sollievo.

«Sarai educata.» Mi diede uno schiaffo sul sedere, più che altro un colpetto, a dire il vero.

Il clitoride pulsò.

«Ti scuserai.» La sua grande mano si chiuse su una natica che strinse bruscamente. «È chiaro?»

«Fermo!» Cercai di allontanarmi da lui. Avevo il viso in fiamme, ma il calore non si avvicinava neanche un po' a quello che sentivo sotto la vita.

Lanz mi afferrò i polsi legati e mi tirò contro il suo petto scolpito. Domm era dietro di me, con la mano che mi copriva ancora il sedere. Mi lasciai scappare un sospiro scioccato. Solo ieri ero una combattente al comando di un velivolo. Oggi ero qui ammanettata e sculacciata da un alieno muscoloso. Fortunatamente il corridoio era vuoto, fatta eccezione per noi.

Domm mi sculacciò di nuovo, poi mi accarezzò la pelle, vicino all'interno delle cosce, e io soffocai un gemito. Tutto il mio corpo era vivo, ogni terminazione nervosa vibrava. Le natiche e le cosce mi tremavano e c'era un desiderio nel mio cuore che mi costrinse a riprendere fiato.

Non avevo mai provato piacere dalle mani di un uomo, ma in questo momento ne vedevo la possibilità. Era come se sapessi che stava arrivando qualcosa di meglio e lo volessi. Subito.

Trattenni il respiro ed emisi un piccolo gemito. Cosa stava succedendo, per le stelle?

Domm mi accarezzò ancora e ancora finché non mi spinsi contro la sua mano, senza nemmeno rendermene conto.

«*Kazo,* penso che le piaccia» mormorò Lanz, stringendo un capezzolo tra le nocche.

«Anche di più» concordò Domm. «Bellissimo.» Si chinò e mi sfiorò la spalla con la bocca. «Mirelle.» Mi girò e mi afferrò il mento. Non sembrava arrabbiato o cattivo, e non avevo paura di lui. I suoi occhi viola brillavano nella luce come gemme preziose. «Ho bisogno che tu ascolti. Se vuoi andartene da qui con noi, devi essere rispettosa nei confronti del nostro re. Altrimenti potresti finire nei sotterranei. Sto cercando di aiutarti.»

«S-sculacciarmi è un modo di aiutarmi?» Non era stata proprio una sculacciata. Era stato... qualcosa di molto più delizioso. Ma ero turbata dal modo in cui la loro minaccia mi aveva eccitata, e la mia voce era più calma.

«La disciplina può aiutare, se ti fidi della fonte.» Fece un sorriso feroce, come se stesse sognando un milione di modi malvagi per punirmi in questo preciso momento.

«Fidarmi.» Potevo fidarmi di questi maschi? Non riuscivo a smettere di guardarlo in faccia. Di fissargli le labbra.

Si avvicinò. «Se avessimo più tempo, te le mostreremmo adesso. La punizione» – fece scivolare la mano tra le mie gambe, sfiorandomi il sesso – «e la ricompensa.»

Il cuore iniziò a battermi forte nel petto. «Io non…»

«Ti aiuteremo entrambi ad adattarti alla vita zandiana.» Lanz si mise dietro alla mia schiena. «Lo prometto, non devi temerci.» Mi tirò delicatamente i capelli. «Almeno, non molto.»

Mi accarezzò il culo formicolante. Gemetti al tocco e considerai l'idea di allontanarmi. Ma era bello sentirlo toccarmi, ed era così vicino ora che sentivo il calore del suo corpo. Il suo fiato sul mio collo. E mi piaceva. Iniziarono altri formicolii, questa volta ai capezzoli, e una sensazione così dolce e bramosa nel profondo della pancia che non riuscii a fare a meno di gemere ancora una volta.

«*Kazo,* penso che sia pronta per...» disse Lanz, e poi aggiunse qualcosa in zandiano. Sembrava contento.

Non sapevo cosa intendesse esattamente, ma qualunque cosa fosse, sembra qualcosa che volevo. Il mio corpo era desideroso di... qualcosa. A volte mi ero toccata, da sola nella mia stanza, ma in questo momento tutto il mio corpo sentiva qualcosa di insolito e nuovo.

«Non abbiamo tempo adesso.» Domm controllò le comunicazioni.

«Al contrario, penso che dovremmo trovare il tempo.»

Lanz sorrise. «Pensa a quanto sarà compiacente e obbediente dopo una punizione e una ricompensa.»

«Punto eccellente.»

«La metterebbe in uno stato d'animo più sottomesso per parlare con il nostro re» suggerì Lanz.

«Molto bene allora.» E all'improvviso Domm mi prese tra le sue braccia, gettandomi sulle sue spalle.

«Mettimi giù!» Gridai e scalciai.

«Silenzio» disse, quasi con nonchalance, poi mi diede una pacca sul sedere. «Il tuo compito è ascoltare e obbedire. E il nostro compito è sculacciarti e poi farti provare il piacere più grande che tu abbia mai sentito in vita tua. Ti sembra giusto?»

«No!» Gridai e scalciai di nuovo. «Aspettate. Che cosa?»

Lui rise. «A meno che tu non voglia solo la punizione. Allora continua a colpirmi con i tuoi piedini umani.»

«Grrrr!» Ero così arrabbiata che avrei potuto prendere fuoco, ma nella mia posizione attuale ero impotente. Mi faceva impazzire sapere di possedere tutti i poteri che un corpo umano poteva possedere, sapere di aver abbattuto uno di questi guerrieri una volta, ma di essere attualmente intrappolata tra le sue braccia. Che erano, avevo notato, piuttosto muscolose e potenti. E che odoravano del suo sudore, un profumo che era maschile e che decisamente provocava qualcosa al mio corpo, perché mi attraversavano ondate di bisogno.

Questo doveva essere ciò che si provava a desiderare un altro essere. Ne avevo letto, ma avevo pensato che fosse esagerato, un effetto letterario. Perché l'unica volta su Jesel in cui ero stata costretta a...

«Cosa c'è che non va?» Domm mi fece sedere nella stanza in cui era entrato. «Ti sei irrigidita.» Mi passò una mano sulla schiena e si fermò poco prima della spalla. «*Kazo*. Non sei guarita del tutto. Non avrei dovuto...»

Inspirai profondamente e mi allontanai da lui. «La spalla è stabile. Era un ricordo.»

«Nostro?» Domm mi guardò intensamente.

«Qualcosa di molto tempo fa.»

Non sapevo nemmeno perché glielo stessi dicendo. Poco importava. Ma istintivamente volevo, per la prima volta nella mia vita, fidarmi di uno sconosciuto. Un altro essere oltre alla mia famiglia. Anche se attualmente mi aveva ammanettato.

«Se qualcuno ti fa del male, lo farò a pezzi, *kazo*» borbottò Lanz.

Questo mi fece un po' ridere. «Allora sarai occupato. Perché vado parecchio in giro. *Andavo…*» mi corressi ironicamente. «Ma ho già affrontato la maggior parte di quelli che mi hanno fatto del male, credimi.»

«Oh ci credo.» Lanz alzò un sopracciglio.

«Mirelle, non so se puoi capirlo dal modo in cui ci comportiamo» disse Domm, con attenzione. «Gli zandiani onorano le loro compagne. Scegliendoti, offriamo un legame di cura e protezione che dura tutta la vita. Il nostro obiettivo non è terrorizzarti o ferirti, lo capisci?»

Inclinai la testa, perché no, non lo capivo. Non proprio.

«Ti disciplineremo, ma non sarà duro e non ti farà mai del male. E sarai sempre ricompensata con il piacere, perché davvero, questo è il modo migliore per costruire un legame.»

«Io, ah, non ho mai…» mi bloccai, mordendomi il labbro. La mia faccia si accalorò. «Con un altro essere…»

«Mai?» Domm sembrò incredulo.

«Mi dispiace» sbottai, decisa a reagire. «Ma quando vivi la tua vita su un, oh, come lo chiamate? Sterile avamposto senza legge adatto solo ai fuorilegge, non hai molto tempo per il divertimento extrascolastico. Sapete, succede quando si è impegnati a lottare per sopravvivere e salvare gli altri.» Lo guardai in cagnesco. «Bisogna imparare a combattere. Vuoi che ti dia qualche lezione?»

Quasi mi aspettavo che mi ringhiasse contro, che urlasse. Ma invece scoppiò a ridere, il suo divertimento era così evidente che non riuscii a trattenermi dal sorridere anch'io.

«Oh, piccola umana» ridacchiò, scuotendo la testa, quando finalmente riprese il controllo. «Rimpiangerai la tua lingua lunga.» Alzò le sopracciglia. «Tra pochi istanti ti faremo implorare perdono e parlare in modo così carino che stupirai te stessa.»

«Non lo farò. Assolutamente mai.»

«Vedremo.»

Domm si sedette su una specie di sedile sospeso e all'improvviso mi attirò a sé, così mi trovai tra le sue cosce aperte, così vicina al suo corpo da toccarci quasi.

«Quindi nessun essere ti ha mai fatto gridare di piacere?» sussurrò, con voce bassa e canzonatoria.

Senza parlare, scossi la testa.

«Oppure ti ha rimproverata sculacciando il tuo delizioso culo?»

Arrossii così forte che riuscivo a sentire il rossore. «Non voglio che tu faccia quella parte.»

«Ah, ma io invece non vedo l'ora» mormorò, e mi mise entrambe le mani sulla vita, tenendomi ferma.

«Anch'io» Lanz mi arrivò dietro. Mi mise una mano sul collo, l'altra sulla spalla, quella in forze. Allargò le dita sulla mia gola, stringendole poi dolcemente, ma sentii il potere dietro il suo tocco.

«Il tuo battito è accelerato» sussurrò, sfiorandomi appena l'orecchio con le labbra. «Perché, secondo te?»

Per tutta risposta emisi una specie di piagnucolio. Un piccolo verso sospirato. Era qualcosa che non mi era mai scappato fuori prima. Ovviamente non mi ero mai sentita così in tutta la mia vita.

«Io...» Battei le palpebre e poi sussultai, perché le mani di Domm finirono sul mio seno, mi strinsero i capezzoli, e la sensazione fu così meravigliosa che non riuscii a parlare.

«Forse è perché sto facendo questo?» mi pizzicò il capezzolo, più forte di prima, e il dolore pungente mi portò a mettermi sulle punte dei piedi, cercando quasi di scappare. Ma poi fece scivolare la mano sotto il mio camice ampio e mi palpeggiò il seno, pelle contro pelle, stuzzicando quello stesso capezzolo con la punta delle dita. Era così leggero e stuzzicante, delicato in un modo che mi fece desiderare di averne più, che non mi resi nemmeno conto di dire: «Sì, sì, per favore» finché non uscirono le parole.

«Ah, dice *per favore*» disse Domm, e mi pizzicò di nuovo. «Che dolce.»

Lanz mi fece scivolare una mano sulla coscia. «Sapevamo che sarebbe successo» disse. «Aprile, Mirelle.» Mi toccò l'interno coscia con il palmo della mano, non una sculacciata, ma un movimento deciso pieno di dominio.

Quando non lo feci subito, toccò di nuovo, più forte. «Mirelle.» La sua voce era ferma. «Devi obbedire ai miei comandi, è chiaro?»

«Penso che sia sopraffatta» disse Domm. Fece scivolare l'altra mano sotto il mio camice e giocò con entrambi i seni, pizzicandoli e accarezzandoli a turno, la miscela di sensazioni fece accendere tutto il mio corpo. «Ma ovviamente è comunque importante che ci accontenti.»

Era esasperante sentir parlare di me in questo modo, e la guerriera che era in me iniziò a pianificare le mosse per liberarmi, ma il mio corpo non era interessato a combattere. No, vergognosamente, a una parte di me tutto questo piaceva. Lo amava.

«Forse ha bisogno di un piccolo assaggio di cosa succede quando non si adegua» suggerì Lanz.

«Infatti.» Domm si mosse velocemente. Un attimo prima ero ammanettata con le sue mani sotto la veste; l'istante successivo mi aveva sbloccata e spogliata, così mi ritrovai davanti a loro solo con un paio di mutandine addosso e le mani libere.

Lanz avvicinò la bocca al mio orecchio. «Ora ci togliamo queste belle mutandine così possiamo vedere il tuo culo prima di schiaffeggiarlo.»

Alzai immediatamente le mani per coprirmi il seno, anche se mi era piaciuto il modo in cui Domm me lo aveva toccato, poi ne allungai una indietro per coprirmi le natiche.

«No.» Domm mi prese le mani tra le sue, intrecciando le nostre dita. «Non nasconderti da noi. Sei assolutamente adorabile. Lasciaci vedere.»

E anche se era un ordine, o avrebbe potuto facilmente esserlo, e avevano loro tutto il potere, non mi stava costringendo. Stava aspettando. Me lo aveva chiesto.

Lo guardai in viso e il colore dei suoi occhi divenne di un viola più intenso. Le antenne erano turgide e percepii che questa cosa aveva qualcosa a che fare con la sua eccitazione. L'espressione sul suo volto – di meraviglia, approvazione e una gentilezza che era in contrasto con il suo fisico feroce – mi disarmò.

«Sei adorabile» sbottai, poi arrossii. Ma lo sguardo nei suoi occhi mi rese felice di averlo detto, perché tra i lineamenti duri apparve un'espressione più dolce.

Sorrise. «Non me lo avevano mai detto prima, lo ammetto. Ma mi piace. Ho la tua approvazione.»

Mi strinse le mani. «Ci permetterai di ammirarti?»

Mi morsi il labbro e annuii, e abbassai lentamente le mani, con il viso accaldato.

«*Kazo*, umana, sei la creatura più deliziosa dell'universo» giurò Domm. C'era una curva dura nei suoi pantaloni e trattenni il respiro, perché era un'appendice molto grande. E quella di Lanz era ancora più grande, se possibile. Potevo vederne il contorno attraverso il tessuto e il modo in cui i loro corpi premevano contro il tessuto mi diceva che mi volevano. Di brutto.

«E se sopporterai bene la tua punizione, ti ricompenseremo» disse Lanz. «Non sei d'accordo nel dire che hai dei misfatti da espiare?» Alzò un sopracciglio.

«Se intendi il fatto che ho liberato le umane...» Potevo giurare che il mio cuore stesse perdendo un battito, ed era difficile concentrarsi sulle sue parole, con queste sensazioni che mi si riversavano in corpo.

«Rubato la nostra proprietà» mi corresse Domm, incrociando le braccia e accigliandosi.

«Allora no.» Anch'io incrociai le braccia. «Non mi scuserò mai per aver aiutato le donne a sfuggire al terrore.»

«Qui non affrontano il terrore. Abbiamo già collaborato alla loro fuga dai maltrattamenti. E non spettava a te prenderle.»

«Nemmeno a voi.» Li guardai in cagnesco.

«Archer ne ha pagato il prezzo.»

«Sembra che ora sia io a pagarne il prezzo.» Intendevo rendere le mie parole ironiche, una sorta di scherzo, ma uscirono feroci, sconsolate. E l'atmosfera, che da seria si era trasformata in qualcosa di più leggero, ora era decisamente malinconica.

«Eppure alcune cose non hanno prezzo, non è vero?» Lanz mi riprese tra le sue braccia e mi accarezzò il corpo, con le mani forti e gentili.

Non risposi, ma mi rilassai mentre continuava a toccarmi. Potente, ma fermo.

«Non ti stiamo chiedendo di scusarti per la tua passione o per i tuoi obiettivi. Che sono ammirevoli.»

Le mani scivolarono attorno al mio seno, ai miei fianchi. Ripresi fiato. Era difficile concentrarsi sulle sue parole con il mio corpo che sbocciava sotto il suo tocco.

«Basta ammettere che hai sbagliato a derubarci. E riconoscere che è stato il tuo furto a coinvolgere tutti noi in uno scontro mortale con la nave ocreziana.»

«Quello scontro» aggiunse Domm, «ci è costato danni alla navicella, sicuramente ha messo in difficoltà le nostre nuove umane per quanto riguarda il recupero e, peggio di tutto, ti abbiamo quasi persa.»

«Sono sicura di non essere un grande fattore in questa equazione cosmica.» Mi tremò la voce. «Se non vi avessi derubati, non sarei vostra prigioniera.»

«Vero, e sarebbe un peccato.» Anche le mani di Domm accarezzavano, ancora e ancora. «Quindi forse questa dovrebbe essere più una ricompensa che una punizione.»

Mi sentivo molle, quasi sciolta, come la resina al sole. Flessibile. E il bisogno trainante era tornato nel mio profondo, costringendomi a spingere di nuovo le natiche contro il corpo di Lanz.

Il cazzo di Lanz era duro come l'acciaio e mi premeva contro la schiena. Mi strusciai contro di lui senza vergogna, così curiosa di scoprire il suo corpo, incapace di resistere ai miei movimenti. Avevo bisogno di avere di più.

Questa volta, quando mi toccò le cosce, allargai maggiormente le gambe e inclinai istintivamente i fianchi in avanti. Le sue dita scivolarono verso l'alto, a poco a poco, e poi trovò il clitoride. Il suo tocco era morbido, come l'aria, ma ero così eccitata che gridai, mentre un nuovo piacere mi travolse.

«È così sensibile. *Kazo.*» La voce di Lanz era bassa. «Non

mi era mai capitato prima...» Mi accarezzò con la punta dell'indice e io tremai, con le ginocchia deboli.

Lanz mi prese tra le braccia e si sedette accanto a Domm sulla panchina. «Non ci vorrà molto, ma prima devo assaggiarla.»

«La terrò aperta.» Non sapevo cosa intendesse, ma un secondo dopo fu tutto chiaro. Domm mi afferrò le mutandine e le strappò, tirandole via dal mio corpo. Poi mi prese in grembo, allargò le cosce e mise le mie gambe sopra le sue, così la mia schiena gli premeva contro il petto e la figa era spalancata.

«Cosa...?» esclamai, dimenandomi sulle sue ginocchia.

«Shhh, ti piacerà.» Lanz si inginocchiò. «Domm ti toccherà mentre io uso la lingua. Ti garantisco che non hai mai provato niente del genere.»

Mise una mano forte su ciascuna delle mie cosce, come per tenerle aperte, e mentre lo fece, Domm si allungò e iniziò a tirarmi i capezzoli. Mi morse il collo. Lo leccò, lo baciò.

E poi quasi levitai fuori dalle loro mani forti, perché Lanz mise la lingua sul clitoride e mi leccò, e io presi fuoco.

«Madre Terra!» Era troppo e mi aggrappai alle loro mani, non sapendo di cosa avessi bisogno: se di averne di più o di meno.

Lui ridacchiò e sentii la vibrazione contro la pancia. «Sdraiati. Da qui in poi le cose possono solo migliorare.» Lo feci, perché mi piaceva molto.

Stavo ancora tremando quando abbassò la testa, le antenne mi solleticavano le cosce mentre si muoveva, e quando rimise la lingua sul clitoride, piagnucolai e chiusi gli occhi, appoggiandomi all'abbraccio di Domm.

La sensazione crebbe e si amplificò, e gettai indietro la testa, con forza, contro la spalla di Domm. Quasi una mossa di battaglia, anche se non così feroce. Quando mi mise la mano alla bocca, la morsi, senza preoccuparmi di quanto forte, e il suo ruggito di dolore e apprezzamento fu musica per le mie orecchie.

«*Kazo* di una piccola *vipn*» ringhiò e mi strinse forte i capezzoli. Gemetti e lo morsi di nuovo: aveva lasciato la mano lì, quasi come se volesse la mia aggressività, e mi afferrò il collo. Strinse. «Fallo di nuovo» ordinò, e così feci, mentre l'esultanza mi inondava. «Sì, mi piace quando diventi selvaggia» ringhiò.

Lanz sentì il cambiamento di energia; mi morse l'interno coscia abbastanza forte da farmi sussultare; poi ancora. E ancora.

Amavo quei morsi di dolore nel piacere. Ogni scoppio di dolore era come un passo che mi portava sempre più in alto, permettendomi di apprezzare ancora meglio questa straordinaria sensazione al clitoride. Tutto quello che sapevo era che dovevo ottenerla, darla, viverla così.

«Penso che sia ora di punirla adesso» disse all'improvviso Lanz, togliendo la testa dalle mie cosce.

«No...» gemetti, irritata oltre ogni immaginazione per questo cambio di rotta. «Rimetti indietro la testa e fai... quello che stavi facendo. Ora.» Lo guardai in cagnesco.

Rise. «È così carino che tu sia convinta di avere il controllo qui.»

Si alzò. «Alzati, Mirelle.»

Domm mi aiutò a farlo, o forse fu proprio questo il motivo per cui mi ritrovai in piedi, ansimante, con le sue mani che mi sostenevano da dietro intorno alla vita. «Di' *sì, padrone*» ringhiò, «quando uno di noi ti dà un comando.»

«Sdraiati sulle ginocchia di Domm» ordinò Lanz, «e allarga le cosce, e chiedigli molto gentilmente di sculacciarti il culo per aver causato così tanti problemi.» Premette un dito sul mio corpo, immergendolo nella mia figa. Accarezzandola.

«Solo così potrai riportare la mia lingua dove vuoi» mormorò Lanz. «Se ti sottometti a noi, ti ricompenseremo. Ogni tanto. E ti prometto che ti piacerà quello che faremo.»

Solo dieci minuti prima, questo mi avrebbe fatto venir voglia di ucciderlo. In questo momento, apprendendo come piacere e dolore si combinassero così bene nel mio corpo, ero più propensa a sottomettermi. E davvero, sentivo che non mi avrebbe fatto del male. Avrebbe usato questa folle miscela di dolore e piacere per rendermi ancora più soddisfatta. Non sapevo che tipo di magia avessero imparato questi zandiani per attivare il corpo femminile umano, ma funzionava.

«Sì, padrone», sospirai, dicendo a me stessa che stavo solo recitando, che avrei detto quello che mi chiedevano finché non fossi riuscita a scappare. La verità era che non mi interessava quanto sembrassi umiliata. Perché se facevo quello che voleva, significava che avrebbe rimesso la lingua dove desideravo.

Come in un sogno, andai avanti e mi arrampicai sulle ginocchia di Domm. Non potevo credere di essere io a farlo. Ma non desideravo essere da nessuna parte se non qui.

«Bene» disse, e mi toccò il sedere una volta con il palmo della mano.

Sussultai al tocco e lui mi accarezzò le cosce finché non mi rilassai contro il suo corpo, abbandonandomi su di lui senza contrarre i muscoli.

«Bella e tranquilla, proprio così» sussurrò, chinando la testa in modo che io potessi sentire il suo respiro sulla mia pelle. «E tieni quel culo morbido mentre ti sculaccio.»

Sentii prima quello, lo schiocco del palmo contro la mia pelle, il suono che echeggiò nella camera. Poi sentii la fitta, una sensazione improvvisa e nuova.

«Ahi.» Mi girai, ma lui mi tenne stretta.

«Non ci si può lamentare.» Mi sculacciò di nuovo. Più

forte, e inspirai. Non ero estranea al dolore; una combattente fuorilegge subiva più fratture e distorsioni di quanto ci si potesse immaginare.

Ma non avevo mai sperimentato questo particolare tipo di dolore, che veniva esercitato sulle mie aree più sensibili e somministrato in un mix deliberato e consapevole con il piacere. Era inebriante. Anche essere trattenuta, qualcosa che normalmente mi avrebbe fatta infiammare, era piacevole.

«Ricordami perché devo sculacciarti.» La sua voce era ferma, autorevole.

«Inizia con le scuse» suggerì Lanz, tenendomi le caviglie tra le mani. Nel mezzo delle mie sensazioni, notai che teneva il mio corpo delicatamente ma con fermezza, con le mani avvolte sulle caviglie, accarezzando le ossa con i pollici. Era erotico ed esotico e per un secondo dimenticai cosa stesse facendo Domm.

Mi tornò in mente, però, quando mi diede di nuovo uno schiaffo sul culo. «Mirelle, sto aspettando.»

«Mi dispiace che tu sia un animale.» Ansimai le parole, e anche se sapevo che avrebbero comportato un nuovo assalto al mio sedere già dolorante, sorrisi tra me e me per la vittoria quando grugnì per la sorpresa e l'irritazione. «Ah.»

«Un animale, giusto?» Mi sculacciò le cosce, un rapido fuoco di sculacciate.

«Ahi. Fermati!» Mi girai. «O ti mordo.»

«Devi solo provarci.» Rise. «Piccola *vipn*. Forse ti serve la cinghia, piuttosto.»

«Puoi usare la mia cintura per la spada.» Lanz mi lasciò andare le caviglie per un secondo, poi sentii un sibilo mentre si toglieva la striscia di cuoio dalla vita. «Piegala a metà e dalle una dozzina di colpi. Immagino che questo la renderà più propensa ad ascoltare.»

«No, non farlo» gemetti. Ma tutti sentimmo il tono, che in

realtà sembrava dire: «Sì, ti prego, fallo.» Fui un po' inorridita nel sentire un suono del genere uscire dalla mia gola. Era orribile che mi piacesse davvero quello che mi stavano facendo in questo momento? Che mi chiedessi davvero come sarebbe stata una cintura sulla mia pelle nuda?

Poi non mi interessò più, perché Domm mi spostò dalle sue ginocchia, rimettendomi in piedi. «È la tua cintura, quindi perché non fai tu gli onori di casa. Mi piacerebbe vedere la sua faccia mentre la colpisci.»

«Volentieri.» Lanz mi sistemò con la stessa facilità che avrebbe provato se fossi stata di carta, spingendo il mio busto sulle ginocchia di Domm e allargandomi le gambe. «Tienile le mani.»

Domm mi tenne le mani in una delle sue più grandi e mi sollevò delicatamente il mento. «Dimmi perché ti stiamo punendo.»

Ansimai. «Perché siete malvagi.»

Lanz mi diede una pacca sul sedere così forte da farmi venire le lacrime agli occhi.

«Riprova. Continueremo a provarci finché non riuscirai a farlo bene.» Domm alzò un sopracciglio, il suo volto era serio. Le antenne così rigide che desiderai prenderne una in bocca. Ma ora non potevo, perché volevano punirmi.

«Mi dispiace che la mia missione abbia interferito con le vostre vite e sia stata parzialmente responsabile dell'attacco ocreziano» sussultai.

«Parzialmente?» Lanz mi sculacciò di nuovo e io gridai. Se la sua mano era così, come avrei potuto mai gestire la cinghia?

«Beh, non credete che il vostro libero arbitrio sia stato responsabile almeno di una parte del vostro...ahi!» Piansi, quando abbassò la cinghia. Il morso del cuoio si tradusse in una striscia di fuoco sul mio culo. «Madre Terra.»

«Guarda che meraviglioso segno.» Lanz mi passò la mano sulla pelle che bruciava. Sussultai. «Domm, dovremmo dargliene una dozzina o due?»

«Inizia con un dodici forti, poi vedremo. Domm mi tenne di nuovo il mento. «Mirelle, guardami.»

I miei occhi erano pieni di lacrime, non proprio per il dolore - il dolore non mi faceva piangere - ma più per la novità di questa posizione intima, la mia confusione nell'apprezzarla e la rabbia per essere stata costretta a scusarmi.

«E questa sculacciata serve anche a ricordarti di essere obbediente e rispettosa davanti al nostro re» disse. «E a rispettare la nostra autorità come tuoi padroni zandiani.»

«La punizione» concordò Lanz, abbassando la cinghia sulle mie cosce, «può essere utilizzata per più di uno scopo.»

«Molto utile, sicuramente.» Domm mi cullò la testa e mi sollevò il busto abbastanza da baciarmi, proprio mentre Lanz abbassava di nuovo la cinghia, così forte che gridai.

Il mio verso si perse nelle labbra di Domm e, mentre appoggiava la bocca sulla mia, ricambiai il bacio. Mi chiesi se si preoccupasse o se almeno gli importasse che avrei potuto morderlo quando la cinghia si abbassava. Poi lo feci, e mentre lui ringhiava ferocemente nella mia bocca e ricambiava il bacio, mi resi conto che gli piaceva. Gli piacevano le cose forti, come piacevano a me. Piaceva a entrambi. Era perfetto.

Il tempo svanì in modo confuso, mentre Lanz mi frustava ancora e ancora con la cinghia, e Domm mi guardava negli occhi, mi baciava, mi accarezzava le guance.

Il dolore era acuto e forte, anche se non insopportabile, e mentre i due si concentravano sul mio corpo, iniziai a sentirmi fluttuare. Che strano sentirmi così sicura e accudita, quasi protetta, mentre venivo punita. Non aveva senso, eppure era vero, e chiusi gli occhi e invece di dire, *Ahi!* stavo mormorando, *Oh, Oh*, con una voce che suonava più incoraggiante che turbata. Alzai il sedere per andare incontro alla cintura, anche se il bruciore era selvaggio e feroce.

«Guarda quanto *kazo* è rosso il suo culo.» Lanz mi colpì di nuovo e io gemetti, mossi le cosce.

«Ed è anche così bagnata. Posso sentire l'odore della sua figa da qui.» La voce di Domm era dura per il bisogno.

«È pronta per noi.»

«Ma prima dobbiamo finire la sua punizione.»

«Ovviamente.»

Si fermarono un attimo. Gemetti irritata e spostai le cosce, chiedendo loro con il corpo di continuare.

«Ultima parte», disse Lanz, con voce ferma.

Questa volta, quando la cintura calò, fu più forte di prima e riuscii a percepire quanto si fosse trattenuto. «Ahia!» Gridai, arrabbiata e frustrata che avesse cambiato la modalità. Mi era piaciuto prima, quando parte dei colpi conteneva piacere. Questa volta era stato solo dolore.

«Questa è la punizione» mi disse Lanz. «Si suppone che faccia male.»

E quando mi colpì velocemente, incendiandomi il culo, sentii la differenza. Non c'era tempo per respirare tra un colpo e l'altro, non c'era tempo per lasciare che il piacere crescesse. No, tutto quello che sentii fu il pizzicore e il bruciore. E la lezione... anche quella bruciava.

«Ci ascolterai mentre sei qui» ordinò. «Mostrerai rispetto al nostro re. Farai del tuo meglio per integrarti nella nostra società. Non causerai problemi.»

Riuscivo a malapena a concentrarmi sulle sue parole.

«Non ci ruberai niente.»

«Ripetilo.» La voce di Domm era calma. «Dillo.»

Ringhiai, ma poiché volevo che smettesse, dissi quelle parole. «Io…oh, sarò rispettosa. Mi integrerò. Non ruberò.»

Alla fine, si fermò. «Penso che per ora abbia imparato la lezione. Domm, sei d'accordo?»

Domm mi lasciò le mani e si alzò. Mi passò le mani sul culo. «Direi di sì. Ne potrebbe sopportare qualche dozzina in più, ne sono sicuro, ma questa è la sua prima volta, quindi ci andremo piano con lei.»

«Questo è andarci piano?» dissi con voce soffocata, ma stavo interpretando il ruolo della schiava punita. Una parte di me ne voleva ancora di più, anche se non lo avrei mai ammesso con lui.

Domm mi scostò i capelli dal viso. «Noi ti vogliamo, Mirelle. Molto. Se invece finissi in una prigione, ci ucciderebbe, *kazo*. E non possiamo correre questo rischio. Se non riesci ancora a gestire la conformità da sola, ti aiuteremo ad arrivarci.»

«E la mia ricompensa?» Deglutii. «Dov'è finita quella parte?»

«Penso che ci sia ancora tempo per questo.» Domm sorrise. «A volte ti faremo aspettare. Ma questa rotazione del pianeta ti permetteremo di venire.»

«Me lo *permetterete*?»

«Mmm.» Domm mi pizzicò uno dei capezzoli. «Gli orgasmi arrivano a nostro piacimento, non al tuo.» Mi sollevò. «Mettila a terra così possiamo giocare entrambi con il suo bel corpo.»

Lanz si mosse e mi fecero sdraiare sulla schiena sulla seduta galleggiante e anche se gemetti alla sensazione del tessuto sul sedere dolorante, non vedevo l'ora di quello che sarebbe venuto.

«Gambe belle aperte» mi disse, e lo feci. La figa adesso era gonfia e gocciolava, una sensazione nuova per me. I capezzoli mi formicolavano per il bisogno.

«È il mio turno di assaggiarla.» Domm arrivò alla fine

della panchina. «Mirelle, ti leccherò fino a farti vedere le stelle, dolce umana.»

«Non sono dolce.»

Mise la bocca sul clitoride e lo leccò, un colpo lungo e deciso. «Non siamo d'accordo.»

Mi leccò di nuovo e mi tremarono le cosce. «Perché questa» disse, e abbassò di nuovo la testa, facendo roteare la lingua attorno al clitoride, «è la figa più deliziosa dell'universo.»

Inarcai la schiena, cercando di avvicinare i fianchi alla sua bocca. «Oh, stelle mie.»

Lanz si chinò su di me dal lato della panca, le sue labbra erano a pochi centimetri dalle mie. «Ti è piaciuta la punizione?» Mi rivolse un sorriso sornione, continuando a sorridere mentre spalancavo gli occhi e sussultavo per la lingua di Domm. «La risposta corretta, per favore ricordatelo, *è sì, padrone, mi è piaciuta la punizione.*»

«Dillo o mi fermo» mi avvertì Domm.

Gridai più velocemente che potevo. «Sì, padrone, mi è piaciuta la punizione.» Non era una bugia. Le cose che avevano fatto, così inaspettate e ruvide, avevano riempito un bisogno nella mia anima. Mi avevano dato qualcosa che non sapevo nemmeno di desiderare. E ne volevo di più. «Mi è piaciuta.»

«Esatto» mormorò Domm, poi infilò la lingua nella figa, facendomi contorcere dal piacere.

«Apprezzerai sempre le nostre punizioni.» Lanz mi prese i capezzoli tra le dita, li fece roteare dolcemente. «Essere obbedienti con noi rende la vita molto più... piacevole.» A quest'ultima parola pizzicò entrambi i capezzoli e Domm mi morse il clitoride: non troppo forte, ma abbastanza da spaventarmi.

«Dicci che sarai un bravo piccolo essere umano per noi»

mi incoraggiò Lanz, mentre Domm aumentava la velocità della sua lingua.

Stavo ansimando adesso, vicino al precipizio del bisogno. Chiusi gli occhi e strinsi le mani vicino alla testa, agitando il corpo.

«Io... io...» Cercai di avvicinare il corpo alla lingua di Domm, ma lui si allontanò in modo allettante, giusto quel tanto da tenermi sul filo del rasoio. «Vi prego, vi prego, ho bisogno di...»

Provai di nuovo a spingere il clitoride verso di lui. Ancora un po' di pressione e mi sarei lanciata dritta tra le stelle.

Ma era così frustrante. Si ritirò di nuovo, costringendomi a restare sul filo del rasoio.

«Dillo e ti lascerò venire.»

«Sarò il vostro buon essere umano, lo prometto, lo giuro, lasciatemi solo...» implorai.

«Questo è quello che mi piace sentire.» Domm sorrise e poi la sua bocca si piazzò esattamente dove ne avevo bisogno, con la giusta pressione, nel punto giusto. Tutto. Gemetti e tutto il mio corpo si irrigidì, i quadricipiti erano duri come rocce mentre stringevo insieme le natiche, cercando di imbrigliare la sensazione in una piccola sfera in modo da poterla far esplodere.

«Ecco» disse Lanz, con una nota di piacere nella voce. «*Kazo*, Mirelle, accoglilo. Vola.»

E alle sue parole, gridai mentre il mio corpo esplodeva in un milione di schegge di luce, una sensazione di piacere così grande, il nettare più dolce che avessi mai assaggiato, pervadendomi con una sensazione così fine e pura che quasi pensai di poter morire.

Quando tornai in me, mi trovavo tra le braccia di Domm, abbandonata su di lui. Lanz si sedette accanto a noi, accarezzandomi le gambe. Mi allungai e mi premetti contro il petto di Domm. «È stato...» Alzai lo sguardo sul suo viso. Ma non riuscii a trovare le parole.

Lui sorrise. «Bello?»

«Più che bello. Fantastico.» Ma anche questo non riassumeva l'esperienza. «Non ho mai...prima...»

«Non hai mai avuto un orgasmo?» Sembrò sorpreso. «Nemmeno per mano tua?»

«Non come quello.» Ero troppo piena di piacere per aggredirlo e dirgli qualcosa su come una non avesse tempo per le frivolezze, quando era impegnata a cercare di sopravvivere.

Ovviamente avevo già accarezzato il mio clitoride e avevo ottenuto un rilascio soddisfacente, piacevole. Ma ora che avevo sentito *questo*, l'altra cosa era sbiadita e debole, triste, in confronto. No, questa era stata la celebrazione più gloriosa del mio corpo fisico che avessi mai sentito in vita mia.

«Dolce Mirelle. Ci saranno infiniti altri orgasmi nel tuo futuro. A ogni rotazione del pianeta» promise Lanz, passandomi una mano tra i capelli. «Tre volte ogni rotazione del pianeta, se vuoi.» Si abbassò per guardarmi negli occhi. «Stai bene?» Mi accarezzò il culo.

«Bene. Sto bene.»

Potevo essere vicina a un cambiamento, perché mi sentivo diversa dentro. Non avevo idea che un corpo umano potesse sperimentare una cosa del genere. Una potente ondata di affetto e di senso di possesso nei confronti di questi due zandiani mi riempì. Miei. Avevano fatto questo a me. Con me.

Domm si spostò e mi resi conto che era ancora completamente vestito. Sentii che era eccitato sotto il mio corpo.

Sbattei le palpebre. «Ma non avete... nessuno dei due.» Guardai dall'uno all'altro. «Io... dovrei...?» Non ero esattamente sicura di cosa volessero, ma sapevo che non era consuetudine (o giusto, probabilmente) che solo un essere fosse soddisfatto in questi incontri.

«Dopo.» Domm mi morse dolcemente la spalla e rise. «Lo voglio più di ogni altra cosa, ma non c'è tempo.»

«Non preoccuparti. Ci saranno molte opportunità per mostrare la tua gratitudine e ricambiare il favore. La voce di Lanz era roca di bisogno e in parte di richiesta, e io tremavo di piacevole anticipazione. Il mio corpo ne voleva già di più.

«Rimettiti la veste.» Lanz la raccolse e la scosse, accarezzò la stoffa. «Aggiustati i capelli.»

«Cosa c'è che non va nei miei capelli?» Lo guardai accigliata mentre facevo scorrere il morbido tessuto sulle mie curve.

«Niente.» Guardò Domm. «Sono solo un po'» – alzò le mani, come per mimare un alone– «forse... disordinati. Incontreremo il re e abbiamo bisogno che tu sembri composta.»

Strinsi gli occhi e lisciai le ciocche ribelli. «Forse se volevate che sembrassi più presentabile, non avreste dovuto prendermi da parte per un incontro privato di questo tipo.» Anche se ero contenta che lo avessero fatto.

Lui rise. «Penso che ti sia piaciuto il tuo incontro privato, no?» Mi toccò il culo. «È irritato?»

Sussultai, anche se non era proprio così. Non più. «Sì. Terribilmente.» Feci una faccia esageratamente sgomenta.

Abbassò il volto e io cercai di soffocare un sorriso.

«Davvero?» Mi attirò a sé per il braccio. «*Kazo,* Domm, siamo stati troppo duri. Vai a prendere immediatamente l'unguento calmante...»

Scossi la testa e gli toccai il braccio. «Sono solo un po' dolorante. Sto bene.» Perché mi preoccupassi della sua preoccupazione era una cosa strana. Avrei dovuto sussultare in finta agonia per convincerli a non farlo mai più. Il problema, però, era che volevo che lo facessero di nuovo. Altrettanto duro e primordiale. Perché, a quanto pareva, al mio corpo piaceva. Ne aveva già voglia.

Naturalmente, mi dissi, questo era un piano ancora migliore che combatterli: assecondarli. Se lasciavo che pensassero che mi prendevo cura di loro e che mi piaceva quello che mi facevano, potevo guadagnare la loro fiducia più velocemente. Convincerli ad abbassare la guardia. E allora avrei potuto progettare la fuga più facilmente. Sì. Questo era quello che dovevo fare. Se mi fosse piaciuto davvero, beh, significava solo che il mio stratagemma sarebbe stato molto più realistico.

«Bene. Solo un po' va bene.» Sorrise. «E ricorda, possiamo sempre farlo di nuovo se necessario, quindi tienilo a mente mentre scegli le parole da dire nei prossimi minuti.»

«Sì, padrone» mormorai.

«Questo è quello che mi piace sentire.» Mi diede una stretta al culo.

CAPITOLO SEI

L *anz*

Nonostante il fatto che la nostra piccola umana si fosse arresa a noi sessualmente, non ero così sciocco da credere che si fosse davvero rassegnata a deporre la spada e a vivere su Zandia. Avevamo visto quanto fosse abile con l'inganno sulla nostra navicella. Quella femmina era astuta e intelligente.

Credevo che avrebbe continuato a fingere di averlo accettato davanti al nostro re, ma non ne ero sicuro. Strinsi i pugni mentre entravamo nella sala del trono. Davvero, se Zander avesse trovato da ridire su di lei e l'avesse sbattuta in una prigione sotterranea, avrebbe potuto essere costretto a buttarci anche me.

Entrammo nella Sala Grande recentemente ricostruita, sul modello di quella antica dell'originale Palazzo di Zander. Il nuovo padiglione era un mix di antichità e high-tech. Re Zander sedeva sul trono, un ruolo che aveva sempre odiato perché era più un guerriero che un re.

«È questa l'umana in questione?» Il nostro re guardò Mirelle con espressione seria. Il filo della sua spada brillava alla luce come un laser, il suo potere silenzioso non derivava dallo sfarzo, ma dalla feroce nobiltà della nostra specie.

Mirelle era tesa tra di noi.

«Sì, mio signore. Questa è Mirelle.» Le strinsi la mano, che era fredda e inerte nella mia.

«Fai un passo avanti» ordinò il re.

Le sue gambe sembravano instabili, ma si scrollò di dosso il nostro aiuto e fece un passo avanti, con lo sguardo fisso.

«Un inchino» mormorò Domm.

Esitò un attimo, abbastanza a lungo da farmi contorcere lo stomaco, ma poi cadde in un tuffo esagerato.

Oh, *kazo*. Re Zander avrebbe visto oltre la piccola umana sottomessa completamente grata di essere qui e avrebbe agito in un attimo. Non era uno sciocco e, con una compagna umana, aveva esperienza diretta della loro capacità di ingannare.

«Cosa hai da dire?» Re Zander la guardò, con occhi freddi e indagatori.

Fece un respiro profondo. «Mi chiamo Mirelle e sono una combattente per la libertà umana.»

Oh, per l'amor del cielo! Non mi spostai dalla mia posizione di rispetto da guerriero, ma avrei voluto darmi una pacca sulla fronte.

Le avevamo fatto provare più di una volta nel corridoio la cosa appropriata da dire.

«Grazie per le cure mediche. Mi hanno salvato la vita.» Si toccò la spalla.

Meglio. Ma probabilmente troppo poco e troppo tardi. Si formarono delle gocce di sudore attorno alle antenne mentre osservavo il volto del nostro re per cogliere segni del suo disappunto. Naturalmente era raro che mostrasse molto, quindi non ci trovai nulla.

«Spiegami come sei riuscita a rubare le proprietà

zandiane e a provocare un alterco quasi mortale con i pirati ocreziani.»

Mirelle si alzò in piedi.

«Ho passato la mia vita a salvare gli esseri umani. Non intendevo causare problemi o danni alla flotta zandiana o ai cittadini. Stavo semplicemente eseguendo le missioni che costituiscono il lavoro della mia vita.»

«E quanti ne hai salvati?»

«Cinquantasette, mio signore.» Alzò il mento. «Quarantanove uomini e sei donne. Due bambini.»

«E dove sono adesso?»

«Su Jesel.» Il suo sguardò vacillò, le dita toccarono la tunica.

«Su Jesel. Dove sono tutti completamente al sicuro?» Re Zander sapeva che si trattava di una cosa altamente improbabile.

Fece un respiro profondo. «Alcuni sono stati ripresi dagli ocreziani. Hanno fatto irruzione in questo ciclo solare.»

«E quanti ne restano?»

Sussultò visibilmente. «Non abbastanza. Lo sapremo meglio una volta che le persone usciranno allo scoperto. Ma hanno sicuramente preso quattro femmine.»

Re Zander alzò un sopracciglio. «Quindi difficilmente si tratta di un porto sicuro.»

Un'espressione di sfida lampeggiò negli occhi di Mirelle, ma sparì rapidamente quando fece un inchino. «Come dici tu, mio signore.»

«E perché dovresti avere il permesso di restare qui su Zandia?»

«Non ho bisogno di restare qui su Zandia. Mi andrebbe bene tornare a Jesel.»

Accidenti a lei!

Domm emise un basso ringhio di disapprovazione.

«Come prigioniera di guerra che ha quasi causato danni irreparabili alla mia flotta, non puoi permetterti il lusso di scegliere la tua destinazione» sottolineò il re. «Ti incoraggio a essere grata per il fatto che ci siano ospiti zandiani che desiderano offrirti la possibilità di stabilirti qui.» La fissò. «Invece di mandarti in una prigione sul pianeta o fuori dal pianeta.»

Lei incontrò il suo sguardo, con aria di sfida, ma vidi il suo battito, sentii l'odore della paura addosso a lei. Il bisogno di proteggerla crebbe dentro di me, inestinguibile.

Re Zander ci aveva già detto che ci avrebbe concesso temporaneamente la custodia di Mirelle, ma dopo averla incontrata avrebbe potuto benissimo cambiare idea. Feci un passo avanti verso Mirelle, come se potessi respingere gli ordini del re se non mi fossero andati bene.

Dopo un silenzio angoscioso, il re finalmente disse: «Non ti riporteremo a Jesel.» La voce del re era ferma. «Il viaggio fin lì è arduo e costoso, non solo in termini monetari, ma di pericolo per i miei guerrieri.» Il re aggrottò la fronte. «Per non parlare del fatto che la tua navicella è completamente fuori uso e non ne abbiamo una da sprecare per il tuo piacere. Forse la cosa più importante è che non permetteremo la tua interferenza nelle future missioni di salvataggio per gli esseri umani.»

«Mi piacerebbe vivere qui a Zandia ed entrare a far parte di questa comunità. Ho molte abilità che posso offrire a questa società in termini di meccanica e tecniche di combattimento. Per favore, non mandarmi fuori dal pianeta.» Questo è quello che avrebbe dovuto dire in primo luogo.

«Non sono convinto che tu voglia davvero asilo qui.» Il re la fissò.

Lei raddrizzò le spalle e incontrò il suo sguardo. «Giuro

che non auguro alcun male a Zandia. Voglio con tutto il cuore entrare a far parte di questa società.»

Bugie, ovviamente. Eppure, mi aggrappavo ancora alla speranza che avremmo potuto dimostrarle che Zandia poteva offrirle una vita molto migliore di quella che stava vivendo.

«Vedremo. Ti concedo asilo temporaneo qui.»

Grazie, *kazo*.

«Grazie, mio signore.»

«Vai con i tuoi compagni. Vi risentirò tutti tra tre cicli lunari.»

Si girò verso di noi, ma non incontrò nessuno dei nostri sguardi.

L'agitazione che sentivo sul collo non scomparve. Io e Domm avevamo molto lavoro da fare, se volevamo davvero rivendicare la nostra piccola guerriera.

CAPITOLO SETTE

M*irelle*

«Questa è casa vostra?» Toccai la vetrata spessa, curva, che si affacciava sul centro della città.

«Lo è adesso» disse Lanz. «L'abbiamo comprata per te.»

Mi si strinse il petto, come se stessi respingendo le sue parole. Non volevo accettare la loro attenzione, essere oggetto di tanta importanza nella loro vita. Dovevo lasciare questo pianeta e tornare a casa. Eppure, era bellissimo.

«Non ho mai visto...» mi fermai. Le eleganti strutture in metallo e vetro erano ben lontane dalle baracche che mettevamo insieme su Jesel. I miei occhi erano tornati alla normalità ora, grazie a Madre Terra, e riuscivo a vedere meglio che mai.

«Zandia ha ancora aree completamente devastate dai finn.» Domm aggiustò qualcosa sulla porta. «Ma qui nella capitale sono stati fatti molti progressi.»

Toccai il vetro con entrambi i palmi; era bello al tatto, anche se la rotazione del pianeta era calda. Diedi un'occhiata intorno alla stanza e osservai le sedute. «Il vostro uso della tecnologia è incredibile.»

Mi sentivo come se stessi vomitando una fontana di complimenti, ma non poteva farmi male offrire apprezzamento per ciò che avevano costruito. Dopotutto, era sorprendente. E in qualità di persona che aveva bisogno di dimostrare la volontà di adattarsi qui, gli elogi effusivi sembravano un buon punto di partenza.

«Il nostro mondo qui è un mix.» Lanz aprì un mobiletto incassato e tirò fuori un tubo di fluido e una confezione di cibo, li posò su un tavolino basso. «In un certo senso siamo più avanzati rispetto ad altre società. E poi ci sono luoghi in cui le nostre capacità sono, nella migliore delle ipotesi, rudimentali, mentre lavoriamo per recuperare il nostro mondo e impariamo dalla decimazione causata dai finn. Questo è per te.» Indicò quello che aveva preso.

Annuii. «Capisco questa dicotomia. A casa...» Mi fermai, non volendo rivelare troppo su Jesel.

«Parlami di casa tua.» Lanz si sedette con cautela.

Deglutii. «Non saprei.»

«Oppure non vuoi dircelo?» Domm prese una ciocca dei miei capelli e la strofinò tra il pollice e l'indice. Questi guerrieri vedevano troppo.

«Devo raccontarvi tutto di me? E se non lo faccio, mi torturerete?» Alzai le sopracciglia, sfidandoli a farlo.

«Mirelle, nessun essere ti torturerà.» Domm se ne stava seduto dall'altra parte della stanza. «Vorremmo conoscerti mentre costruiamo il nostro legame. E ti riabilitiamo.»

Riabilitarmi. Era un bel concetto.

Inspirai. «Sono prigioniera qui?» Guardai la porta.

«Non devi portare le manette all'interno.» Lanz seguì il mio sguardo. «Se ti comporti in modo appropriato. Ma non ti sarà permesso di uscire, senza scorta e senza manette, finché non avremo stabilito che non costituisci una minaccia per la società zandiana.»

Tutto il mio corpo si riempì di rabbia. Poi la stemperai con la logica. Ero stata incredibilmente fortunata a trovare questa come prigione, invece che un buco puzzolente in una nave ocreziana o una fetida prigione galattica. C'erano milioni di opportunità qui da cogliere per poter scappare. Era davvero solo questione di pazienza e tempo.

Era strano pensarli come carcerieri, padroni, compagni, tutto allo stesso tempo. La mia mente vagava. «Come possiamo essere compagni se non vi fidate nemmeno di me?»

«Costruiremo la fiducia.» Domm annuì. «Col tempo, man mano che ti abituerai alla vita qui, valuteremo quando sarai pronta per una maggiore libertà.»

«Capisco.»

Il mio stomaco brontolò ma non volevo mangiare nulla. Mi strofinai la spalla, che sembrava quasi guarita. Notevole. Strano, quasi inquietante, perché gli esseri umani non guarivano così normalmente, ma di certo non me ne lamentavo.

«Ti fa male?» Domm aggrottò la fronte e fece un passo avanti.

Scossi la testa. «No. Sono sorpresa che sia guarita così in fretta, davvero.»

Lanz sorrise. «È stato il nostro sangue.» Il suo viso divenne di un viola più intenso. «Penso che ti abbia aiutato più di quanto tu creda.»

«Giusto. Ho il vostro sangue dentro di me, non è vero?» Ero affascinata da questo concetto. Mi toccai il braccio, feci scorrere le dita sulla mia pelle pallida. Cercai di immaginare il sangue che c'era dentro.

Lanz annuì. «Significa che sei nostra.»

Alzai gli occhi al cielo. «È una conclusione interessante.» Poi sorrisi tra me. Il fatto che potessi anche scherzare con lui... significava che era molto più un compagno che un proprietario di schiavi.

Ricordai quando avevo visto Lanz per la prima volta, quanto ne ero stata presa; come qualcosa in lui mi avesse toccato il cuore, anche se tecnicamente era mio nemico, in quel momento. Sentivo un legame profondo con questi zandiani, nonostante tutto.

Feci un piccolo verso di incertezza, perché la mia mente era in subbuglio.

«In questo momento hai bisogno di nutrimento. Quindi per favore.» Lanz indicò la roba sul tavolo. «Questo è solo l'inizio. Otterremo più sostentamento umano dai nostri agricoltori e fornitori di cibo. Ci dirai cosa ti piace.»

«Quello che mi piacerebbe è tornare a casa mia. Me lo darete?»

«Questa è casa tua adesso. E secondo quanto hai detto, vuoi stare qui.» Domm mi criticò per la mia bugia. Si avvicinò e mi prese il mento tra le mani. Lo inclinò verso l'alto per guardarmi negli occhi.

Avrei voluto allontanarmi, ma il suo sguardo era ipnotizzante. Guardai i suoi occhi cambiare dal marrone al viola, le antenne si ingrossarono e si inclinarono verso di me. Il calore covava nel suo sguardo e il mio corpo reagì istantaneamente, stringendo i capezzoli.

«Lanz, cosa ne pensi?» La voce di Domm sembrò roca. «Ha bisogno che le venga ricordato esattamente chi comanda qui e chi no?»

Le antenne di Lanz scattarono in avanti, protese verso di me, in un rigido saluto. «Penso di sì.» Si avvicinò per mettersi accanto a Domm. La vista di questi due forti guerrieri, spalla a spalla, che mi fissavano entrambi con la fame negli occhi, mi provocò qualcosa nelle viscere. Il cuore iniziò a battere in modo irregolare e ricominciarono quei formicolii, quelli che mi avevano mandato scosse di desiderio nelle vene. «Con un essere umano così esuberante, ho la sensazione che dovremo impegnarci in frequenti... promemoria.» Alzò un sopracciglio.

Feci un passo indietro.

«Il dottor Daneth ha detto che le femmine umane possono sopportare più di una punizione per rotazione del pianeta, se ciò si rivela necessario.» La voce di Domm era colloquiale, come se stesse parlando del tempo.

«Allora dovremmo essere sicuri di non privarglielo.» Lanz si fece avanti, inseguendomi.

Mi abbassai velocemente e scappai dalla loro presa, ma stavo sorridendo. Volevo che mi inseguissero. Per prendermi e punirmi in questo modo folle che avevano perfezionato.

Domm rise e si lanciò verso di me, sorprendentemente veloce e aggraziato per un maschio della sua taglia.

Mi girai, ma Lanz anticipò la mossa e mi raggiunse, sollevandomi da terra. Ridemmo entrambi, il soffio caldo del suo respiro mi sfiorò il collo. Volevo essere presa. Davvero. Il fatto che mi stessero inseguendo mi fece ribollire il sangue ancora di più. Non lo capivo. Tutto quello che sapevo era che si trattava della più grande emozione che avessi mai provato in vita mia.

Lanz mi portò in una camera da letto e mi fece cadere in piedi. Domm entrò e chiuse la porta dietro di sé.

Lanz sorrise. «Ora che abbiamo privacy e tutto il tempo che vogliamo, ti insegneremo anche come accontentarci come noi abbiamo accontentato te.»

Abbassai lo sguardo sulle sue cosce e mi feci scappare un *Oh* di sorpresa nel vedere quanto era duro e grosso il suo cazzo attraverso i pantaloni. Non riuscivo a immaginare come si sarebbe adattato, anche se il mio corpo voleva chiaramente scoprirlo.

«Prima di tutto, Mirelle, ti toglierai gli indumenti.» La voce di Lanz era ferma. «Poi ti inginocchierai sulla piattaforma del sonno e ci aspetterai.»

«Non lo farò...» cominciai a dire, finché lui non abbassò la mano sulla cintura.

«Non farai cosa?»

«Non mi sognerò di disobbedire, padrone» dissi con tono beffardo.

«Buona risposta.» Entrambi ridacchiarono. «Vai avanti, allora. Vogliamo vedere che ti spogli per noi.»

All'inizio ero agitata. Ma quando li guardai e vidi la fame cruda nei loro occhi, il modo in cui i loro corpi si inclinavano verso di me, sentii un nuovo potere. Ero io a renderli così selvaggi, così bisognosi.

Mi mossi lentamente, togliendomi il vestito. Ero rimasta senza mutande da quando me le avevano strappate prima, quindi mi ritrovai nuda. Mi passai le mani sul seno, i capezzoli già spuntavano nell'aria fresca. «Spero vi piaccia quello che vedete.»

«È molto più che un piacere, *kazo*.» La voce di Lanz era burbera e gutturale.

«Sulla piattaforma. Subito.»

«Come desideri.» Resi la mia voce bassa e sensuale, feci ondeggiare i fianchi mentre camminavo. Diedi un'occhiata alle mie spalle per vedere che erano puntati come un laser sul mio corpo, osservando ogni movimento. Sorrisi. «Avete detto di inginocchiarmi?»

Mi arrampicai sulla struttura e li affrontai. In un impeto di ispirazione, allargai le gambe mentre mi inginocchiavo e mettevo le mani dietro la testa, lasciando sporgere il seno. «Così, forse?»

Era una posa che avevo visto alle aste di schiavi. Là era squallido e deprimente. Farlo io stessa per questi due mi dava potere.

Quando i loro occhi lampeggiarono e le antenne si animarono, sorrisi. «Vi inginocchierete anche voi per me? Mi è piaciuto quello che hai fatto, Lanz, l'ultima volta che ti sei inginocchiato tra le mie cosce.»

«Guarda chi pensa di essere il capo» mormorò Lanz, apparentemente a Domm, ma i suoi occhi non mi lasciarono mai per un momento. Poi aggiunse: «Mi inginocchierò tra le tue gambe ad ogni rotazione del pianeta, se vuoi. A patto che ricambi il favore con entusiasmo.»

E quando mi si avvicinò, strappandosi la maglietta dal corpo e gettandola da parte in modo che vedessi i suoi muscoli potenti mentre si muoveva, ripresi fiato.

«In effetti, penso che inizieremo da lì.» Si avvicinò alla piattaforma e si tolse i pantaloni. Il suo cazzo sporgeva così grosso e duro che alzai le sopracciglia meravigliata. «Ti insegnerò come succhiarci come si deve. È una lezione che ti sarà utile, piccola umana.»

Si avvicinò. «Striscia verso di me, Mirelle. Metti la tua bocca su di me.»

Ipnotizzata, feci come mi ordinava, incapace di distogliere lo sguardo dal suo corpo.

Non l'avevo mai fatto, ma non era difficile capire cosa volesse. Per iniziare feci scorrere la lingua lungo la punta, sorpresa da quanto fosse calda e morbida la sua pelle. Aveva un sapore un po' salato, ed era un sapore che mi incuriosiva, mandandomi piccoli formicolii di desiderio nei capezzoli e nel clitoride.

Gemette. «Continua a leccare la parte superiore in quel modo. Poi portami alla bocca. Succhialo.»

Feci come mi era stato detto, curiosa di esplorarlo con la lingua e le labbra. Non ero sicura di quanto fosse difficile leccarlo o succhiarlo. «Non voglio farti male» sussurrai, tirandomi indietro. «Io…»

Rise. «Non lo farai, non preoccuparti. Promisi.»

«Va bene.» Incerta, sbattei le palpebre e tornai al lavoro. Poi lo guardai di nuovo. «Non l'ho mai fatto.»

«Lo so.» La sua voce era sorprendentemente tenera e si abbassò per infilarmi entrambe le mani tra i capelli. «E non ho mai provato niente di più squisito in vita mia. Continua a farlo. Prometto che lo adorerò.»

Imparavo le cose più velocemente degli altri e non mi aspettavo che questo fosse diverso. Se riuscivo a padroneggiare le mosse più difficili delle arti marziali in battaglia, sicuramente potevo padroneggiare l'arte di leccare il cazzo ai miei due nuovi compagni zandiani.

I miei movimenti furono goffi all'inizio, ma man mano che presi confidenza, cominciai a leccare e succhiare con entusiasmo, usando la lingua per stuzzicare le creste dure sopra il suo cazzo, sorridendo alla sua lunghezza dura mentre lo sentivo diventare ancora più lungo e duro. Sentì il mio conforto e cominciò a spingere; dapprima lentamente, poi sempre più a fondo.

«Si sta impegnando molto. Penso che meriti una ricompensa per i suoi sforzi.» Domm era dietro di me adesso. «Allargati, piccola guerriera.» Mi toccò la parte posteriore delle cosce. «Un po' di motivazione per andare avanti.»

Mentre continuavo a succhiare Lanz, Domm mise la testa sul mio centro e mi leccò, infilando la lingua in profondità nella figa.

Gridai, un verso ovattato attorno al cazzo di Lanz. Lo morsi per la sorpresa e lui ringhiò. All'inizio pensai di averlo ferito, poi mi resi conto che gli era piaciuto. Madre Terra, questi zandiani erano davvero fatti d'acciaio!

«Puoi mordermi quanto vuoi, piccola *vipn*» mormorò, afferrandomi i capelli e tirandomi più vicina, riempiendomi la gola con il suo cazzo pulsante. «I tuoi piccoli denti umani non fanno altro che solleticarlo e rendermi più desideroso di scendere nella tua bella gola.»

Allora lo sfiorai con i denti e mi godetti il suo grugnito di soddisfazione, poi succhiai più forte che potevo mentre lui spingeva. Ma stava diventando difficile concentrarmi su quello che stavo facendo, perché Domm era perfidamente dotato con quella lingua, e quello che stava facendo mi faceva impazzire dal bisogno. Leccò e accarezzò quel tanto che bastò per farmi bruciare, poi si tirò indietro quando la sensazione iniziò a crescere.

«Lasciami venire!» piagnucolai, allontanandomi dal corpo di Lanz, incapace di gestire la frustrazione.

«Non ancora» disse Domm, e mi diede uno schiaffo sul sedere, forte.

Sussultai.

«Rimetti la bocca su Lanz o non ti lascerò venire per ore» minacciò.

Obbedii e lui cominciò a stuzzicarmi con le dita. «Ti terrò bisognosa e disperata. E quando ti lascerò venire, la ricompensa sarà più grande di questa galassia. Farai qualsiasi cosa e tutto ciò che ti chiediamo solo per guadagnare il tuo piacere.»

Emisi un verso di totale irritazione anche mentre succhiavo e leccavo. Le sue dita sondarono e stuzzicarono, portandomi ancora una volta al limite.

«Perché i tuoi orgasmi arrivano a nostro piacimento.» Mi diede di nuovo uno schiaffo sul culo. «Solo quando noi lo permettiamo.»

La sola idea mi fece quasi venire in quel momento, ma aveva ritirato le dita, privandomi dell'attrito e della sensazione di cui avevo bisogno per andare oltre il limite.

Lanz fece un passo indietro e io emisi un verso di

sorpresa. «Sculacciala adesso» suggerì. «Ricordale che noi siamo i suoi padroni. Poi potrà continuare il suo compito.»

Si sedette su una poltrona, le cosce aperte e mise la mano quasi pigramente sul cazzo duro come l'acciaio. Lo accarezzò su e giù, stringendolo più forte di quanto avrei immaginato potesse farlo sentire bene.

«Guarda cosa faccio» ordinò «mentre prendi la tua disciplina. Fai attenzione, perché ci saranno momenti in cui ti chiederò di farlo con le tue manine.»

Non sarei riuscita a distogliere lo sguardo in ogni caso. Il suo corpo era impeccabile, muscoloso alla perfezione, e guardarlo seduto lì e accarezzarsi, con gli occhi chiusi, la testa all'indietro, la mano forte che tirava e tocca, mi fece desiderare di riaverlo in bocca. In mano.

Invece, sentii un forte schiocco sul sedere mentre Domm mi sculacciava su entrambe le natiche.

Sussultai quando lo fece di nuovo. E ancora.

«Quante dovrebbe prenderne?» Mi diede uno schiaffo alla base delle cosce e, avendo le gambe aperte, si avvicinò alla figa.

Sussultai e provai a chiudere le gambe.

«No. Lasciale aperte.» Mi sculacciò di nuovo. «Proprio così.»

«Sì, padrone» sussurrai.

«Quante pensi che se ne meriti in questo momento?» chiese Lanz mentre si afferrava forte il cazzo. Vidi le sue nocche sbiancare per la pressione. Trattenni il respiro, con gli occhi spalancati, mentre lui sollevava la pelle verso la cappella, tendendola, per poi lasciarla andare. Lo ripeté.

«Direi almeno venti o trenta forti, quante ne servono per convincerla a supplicare per bene.» Domm mi sculacciò di nuovo. «E gliele farei contare ad alta voce, solo che sento che è un po'... distratta.» Ridacchiò. Poi mi sculacciò di nuovo.

«Fa male» mi lamentai.

«Ho detto che non sarebbe successo?» Mi sculacciò un paio di volte. «Non credo di averlo fatto.»

«No ma...»

«Le sculacciate dovrebbero far male? Sicuramente conosci la risposta.»

«Stronzo.»

Mi sculacciò di nuovo, più forte. Avrei dovuto odiarlo, e oh, una parte di me lo faceva. Ma il mio corpo era andato immediatamente in fiamme, ogni terminazione nervosa era piena di desiderio. E ne pretendeva di più. Li desideravo così tanto che sarei potuta morire.

«Bene allora.» Mi sculacciò ancora. «Sii grata che questa volta non useremo la cintura.»

«Perché» aggiunse Lanz, «abbiamo molti altri strumenti che possiamo usare per punire e disciplinare il tuo bel culetto, se necessario. Non tutti delicati come la cintura.»

«Delicata?» trattenni il respiro. «Ahia.»

«Relativamente parlando.» Domm rimise la testa tra le mie gambe e mi leccò, e io gemetti per la sensazione.

Nei minuti successivi alternò sculacciate e leccate, e dopo un po' ero così fuori di me per questa duplice sensazione che mi ritrovai quasi delirante dal bisogno.

«Vi prego, vi prego...» ansimai.

Avevo il culo in fiamme. Non ne potevo più. Eppure, ne volevo ancora perché lo mescolava con la lingua, e ogni tocco della sua mano sulla mia pelle calda mi faceva bruciare ancora di più dal desiderio della sua bocca.

«Vi prego cosa?» Mi schiaffeggiò di nuovo.

«Vi prego, voglio...»

«Oh, vuoi qualcosa, vero?» Mi diede uno schiaffo sul sedere un paio di volte in rapida successione. «Perché non inizi la tua richiesta offrendo qualcosa in cambio?»

«Ti prego, Lanz, ti succhierò come vuoi. Torna indietro e mettimi di nuovo il tuo cazzo in bocca.» Sussultai. «Domm, puoi avermi anche tu, come vuoi, solo per favore, ho bisogno...»

«Come posso resistere ad un'offerta così bella?» Lanz si alzò. «Era anche ora.»

Quasi piansi di sollievo e soddisfazione quando mi rimise il cazzo in bocca, e lo leccai avidamente succhiandolo con tutto l'entusiasmo che riuscii a raccogliere.

«La prenderò da dietro» disse Domm. «Allargati, Mirelle.»

Lo feci, regolando automaticamente i miei fianchi mentre lui premeva il cazzo contro la mia entrata. «Sei così bagnata, non ti farà male per niente» sussurrò, accarezzandomi con le dita.

Mi lamentai attorno al cazzo di Lanz, non ero sicura che avesse ragione, ma mentre si spingeva in avanti, centimetro dopo centimetro, tutto quello che sentii fu una deliziosa pienezza. E la necessità che si muovesse. Subito.

Contrassi i fianchi in anticipazione, cercando di spingerlo all'azione.

«Sì? Stai bene?» Mi afferrò i fianchi e mi strinse, la sua presa era salda e forte.

«Mmmm.» Scossi leggermente la testa, continuando a leccare. «Sì.»

«Allora fai felice Lanz e ti ricompenserò.» Spinse una volta, poi si tirò fuori.

Gemetti per la perdita. Avevo la mascella dolorante e stavo sbavando un po', ma raddoppiai gli sforzi. Passarono solo pochi secondi prima che le mani di Lanz si stringessero tra i miei capelli. «Mirelle, *kazo*» gridò, e poi mi riempì la gola con la sua calda essenza.

Fui sorpresa, poi nervosa, poi deglutii automaticamente,

sorpresa dal sapore neutro, quasi dolce, e da quanto fosse bello dargli questo tipo di piacere.

Gemette ancora e ancora, stringendomi la bocca, e io continuai a leccarlo finché lo fece, sapendo istintivamente che stavo estendendo il suo piacere in quel modo.

Quando finalmente si allontanò barcollando dalla mia bocca e crollò accanto a me sulla piattaforma del sonno, aveva un'espressione così soddisfatta e rilassata sul viso che mi sentii colma di orgoglio.

Mi passai la mano sulla bocca e rimasi sorpresa. «I colori!» Anche le sue cosce erano striate di molti colori.

Il suo sperma era variopinto come un arcobaleno! Non avevo mai visto né sentito parlare di una cosa del genere...

«Una particolarità zandiana.» Dietro di me, Domm ridacchiò. «Potresti scoprire che noi due abbiamo colori leggermente diversi.»

«Mi assicurerò di presentare una relazione scientifica al riguardo» dissi, contraendo il sedere. «Penso che mi sia stato promesso qualcosa.»

«Oh, sì?» mi schiaffeggiò.

«Già, ed è tuo compito darmelo.»

«Se insisti. Mettiti a quattro zampe, poi piegati in avanti e allunga le braccia più che puoi.»

«Subito. Oh!» Ridacchiai mentre mi sculacciava di nuovo.

«Mi sembra quasi che tu stia chiedendo la cinghia» borbottò.

Forse era così. Ero così bisognosa in questo momento che desideravo questo strano miscuglio di piacere e dolore, volevo di più di entrambi, quanto più ne potevo sopportare di entrambi.

«Sto chiedendo il tuo cazzo» mormorai, guardandomi alle

spalle. «Il tuo duro cazzo zandiano. Non dirmi che non sei desideroso della mia bella figa umana bagnata.»

Non sapevo da dove venissero le parole; tutto quello che sapevo era che gli avevano fatto diventare viola gli occhi, e le antenne più dure.

«Più che impaziente.»

Si mosse dietro di me e si premette di nuovo contro di me. «Farai la brava mentre ti *fotto*? Farai quello che ti dico?»

«Sì» sussurrai, stringendo le mani sulle morbide coperte. Mossi ancora di più le gambe, sperando di invogliarlo a muoversi. Subito.

«E farai la buona con me e Lanz in ogni rotazione del pianeta? Farai quello che diciamo? Ti interesserai di più a Zandia quando te lo chiediamo?»

«Sì, sì, lo farò» cantilenai. Avrei promesso loro qualsiasi cosa in quel momento. «Morirò se non mi lasci venire.»

«Beh, non possiamo permetterlo.»

Scivolò dentro di me e io gridai per quella sensazione. Non ero mai stata così piena. E quando cominciò a spingere, indietro e dentro, il suo cazzo premette contro un punto dentro di me che mi illuminò come un cielo pieno di stelle.

In qualche modo anche Lanz era finito accanto a me e mi baciava mentre Domm mi scopava forte. Premetti le labbra sulle sue, gli morsi la bocca, sapendo che non gli avrei fatto del male. Potevo essere selvatica se volevo, e questo avrebbe solo fatto piacere a tutti noi.

Urlai di piacere, poi non riuscii nemmeno più a urlare perché la sensazione era troppo travolgente. L'orgasmo che si creò fu molto più potente di quello che mi avevano dato prima, tanto che non riuscii nemmeno a respirare. Non ero mai stata così in sintonia con nessun essere prima, tanto meno con due di loro, ma al momento sembrava che questo fosse il mio destino. Come se avessi aspettato per tutta la vita questo momento con questi due esseri. Come se fosse stato scritto che erano miei, lo fossero sempre stati, anche prima di incontrarli.

Tutto il mio corpo esplose in scintille di luce e sensazioni mentre venivo, e venivo, e venivo, tremando, piangendo mentre lui mi portava alla beatitudine.

Ruggì e si irrigidì dentro di me, e capii che stava venendo anche lui, ma tutto quello che potevo fare era cavalcare la mia onda e lasciare che il piacere mi portasse attraverso la galassia.

~

DOMM

ERO PERSO, in orbita.

Potevo dire che Mirelle mi aveva fatto volare in alto, che il piacere mi aveva inzuppato fino alle ossa. Lanz e io ci eravamo fermati nei bordelli galattici, che sfruttavano varie specie. E anche se non avevo mai avuto un'umana prima, ero certo che nessuna sarebbe stata paragonabile a questa. Era speciale: rara come un cristallo zandiano.

«Ti serve qualcosa?» Lanz si agitò accanto alla nostra piccola umana. Le sfiorò la coscia e la strinse.

«No.» La sua voce era sognante e morbida. «Sto bene.»

Le presi la mano e intrecciai le nostre dita. Lei strinse automaticamente. Alzai le nostre mani giunte in aria per meravigliarmi di quanto le sue fossero piccole rispetto alle mie. Che delicate. Eppure, questo piccolo essere aveva tenuto testa a Lanz, un guerriero letale e ben addestrato.

«La tua mano è due volte più grande della mia» mormorò. «È davvero grande.»

«Ti meravigli di questo, ma quello che stupisce me» - le strinsi leggermente le dita - «è che sei così piccola, eppure così forte. Come può essere?»

Scosse la testa sul cuscino, i capelli rossi la circondavano. «Sono solo me stessa. Mi alleno.»

«È incredibile.» Lanz le accarezzò la pelle. «Così morbida e delicata. Eppure, combatti come una guerriera.»

«E *scopi* come una guerriera.» Sorrisi.

Era rilassata e adoravo vederla a suo agio per una volta, senza litigare con noi o discutere per la sua libertà. Ero orgoglioso di averla lasciata così contenta. Darle piacere era un *kazo* di privilegio. Uno che intendevo continuare per il resto della nostra vita.

«Hai detto che ti sei allenata? Come?» chiese Lanz.

Trattenni il respiro, sperando che non si chiudesse di nuovo.

«Da quando potevo camminare, ho imparato a combattere. Me lo ha insegnato mia sorella. E ho avuto anche altri istruttori.»

«Su Jesel?»

Annuì. «È lì che ho vissuto, tutta la mia vita.»

«Non eri una schiava.» Ero sorpreso.

«Sono nata libera.» C'era dell'orgoglio nella sua voce. «Siamo un piccolo gruppo lì, alcuni umani che sono fuggiti e hanno fondato una specie di colonia. Provano a salvare gli altri. Sia io che mia sorella siamo nate libere.» Sbatté le palpebre. «Non ricordo mia madre. Ma mio padre ci ha insegnato a combattere e a sopravvivere, e a ogni essere umano che arriva insegna quello che sa.»

«Ma come hai imparato a costruire una navicella. A volare così?» Mi girai per guardarla in faccia. «Senza una scuola di volo, istruttori veri. È impossibile.»

«Ti assicuro che non lo è.» La sua risata era priva di

umorismo. «La disperazione è un'istruttrice fantastica. Sono sicura che lo sapete, dalla vostra esperienza con i finn. Quando hai assolutamente bisogno di far accadere qualcosa, trovi un modo.»

Lanz e io accarezzammo il suo bel corpo e aspettammo che dicesse altro. Premiò la nostra pazienza. «Rovistiamo tra i rifiuti, barattiamo, rubiamo. Facciamo quello che possiamo. Impariamo dai vecchi ologrammi. Ci esercitiamo, proviamo. Teniamo un profilo basso. Non è facile, ma ogni volta che salvo un essere umano ne vale la pena.»

«Hai fatto molto» mormorò Lanz. «Hai davvero salvato una cinquantina di umani?»

«Sì.»

«Proprio con quella navicella.»

«Esattamente quella.» La sensazione di perdita le si lesse in viso. «È completamente rovinata?»

«L'abbiamo rimorchiata e portata indietro, ma... sì. Non è operativa e dubito che possa essere resa nuovamente operativa senza sforzi significativi.» Osservai la piccola umana. Se non fossimo stati attenti, se ne sarebbe andata là fuori a cercare di aggiustarla e sarebbe volata via da qui in un batter d'occhio. «Non capisco nemmeno come fai a volare in quella cosa. È come essere ciechi, senza una strumentazione moderna.»

«All'inizio sì» spiegò. «Ma poi ho sviluppato un sesto senso. Sapete cosa intendo?»

La guardammo con sguardo assente.

«È come se spesso potessi percepire gli ostacoli prima di vederli. Come se sapessi dove saranno gli asteroidi o i detriti. O le correnti spaziali.»

Il cuore mi batté nel petto. Era speciale, lo sapevo. Come la compagna umana del re, chiaroveggente.

«Non ci hai visti arrivare, però.»

«Beh, eravate occultati. Gli asteroidi, per quanto ne so, finora non hanno scelto di nascondersi alla vista.» Alzò gli occhi al cielo. «E grazie alle stelle per questo, perché altrimenti nessuno potrebbe navigare.»

La foschia della soddisfazione sessuale doveva aver iniziato a svanire, oppure l'argomento aveva alimentato i suoi pensieri perché la sua espressione si era annebbiata.

Sospirò. «Ho bisogno di riposare.»

Mi sconvolse quando si allontanò da me, avvicinando le ginocchia al petto e avvolgendole con le braccia.

CAPITOLO OTTO

anz

«Penso che sia andata bene.» Lanciai un'occhiata alla figura addormentata.

Domm era impegnato a indossare la sua attrezzatura: stivali, pantaloni da volo. Fece una pausa. «Può darsi.»

«Che cosa significa?»

«A malapena accetta di essere qui. Sono quasi sicuro che ci ucciderà nel sonno.»

«Possiamo ammanettarla per la notte, tanto per cominciare.» Il mio cazzo si agitò, pensando di tenere Mirelle sottochiave. Forse era da depravato, ma mi aveva emozionato in un modo che non avevo mai provato.

Domm prese la sua borsa e mi sorrise. «Mi piace l'idea.» Lanciò un'occhiata verso l'area di stoccaggio. «Le mostrerai dove si trova tutto? Puoi mandare Kristine ad aiutarla ad ambientarsi?»

Annuii. «Allora ti raggiungerò il prima possibile.»

Aggrottò la fronte. «Non va bene. Dobbiamo stare con lei a tempo pieno per i primi... per iniziare.»

Ero d'accordo. Inoltre, non riuscivo a scrollarmi di dosso

la sensazione che avremmo dovuto portarla con noi. Dopotutto, anche lei era una guerriera. Non si sarebbe abituata a stare seduta in un domicilio a fare chissà cosa dopo aver trascorso una vita in missione. Se volevamo dimostrarle che c'era una vita per lei qui con noi, avremmo dovuto farle vedere come le sue capacità sarebbero state messe a frutto.

Ma ovviamente re Zander non sarebbe mai stato d'accordo. E avevamo l'ordine di partire per una breve missione. Dannazione. «Il maestro Seke non ci avrebbe chiesto di farlo se non fosse stato fondamentale per Zandia.»

Lui annuì. «D'accordo, ma non renderà le cose più facili.»

Rimanemmo entrambi in piedi e la guardammo. Sapevo che era estasiato quanto me dalla nostra nuova compagna, assolutamente affascinato, *kazo*.

«Pensi che funzionerà?» Abbassai la voce, anche se era chiaramente ancora profondamente addormentata.

«Non lo so.» Era un momento raro per entrambi. A nessuno di noi piaceva essere incerto o vulnerabile, e certamente non allo stesso tempo: sul campo di battaglia questa era la formula perfetta per morire.

«Ci assicureremo che funzioni.» La mia voce era più sicura di quanto mi sentissi veramente. «Non stavo scherzando quando l'ho accettata come nostra compagna, *kazo*.»

«Nemmeno io.» Mi guardò accigliato. «Cosa stai insinuando?»

«Niente.» Strinsi gli occhi. «Dico solo che questo è importante. Per me.» Guardai attraverso la stanza e borbottai la parte successiva. «E lo sei anche tu.»

«Che cosa?»

«Ho detto...» Lo guardai con impazienza. «Anche tu sei importante per me. Vivere con te, come fratello, partner della nostra compagna... è.... beh, è.... una buona cosa.» Repressi la sensazione di essermi tagliato le antenne e di essere diventato un essere umano. O di avere perso le palle.

«Beh, suppongo di sentirmi allo stesso modo.» Infilò il pugnale nel fodero. «Voglio dire, siamo stati uniti fin da quando eravamo piccoli. È logico fare anche questo insieme. Una specie di cosa di famiglia.»

«Sì. Siamo uniti. Sei come un fratello.»

«Cosa?» sorrise. «Puoi ripetere?»

«Vai via. Esci da qui prima di fare tardi. L'ultima cosa di cui abbiamo bisogno è che qualcuno metta in dubbio la nostra capacità di svolgere il nostro lavoro con... lei.» Agitai la mano. «Tutto deve procedere alla perfezione.»

«Preoccupati di te stesso.» Mi lanciò un'occhiata. «Personalmente offro niente di meno che la perfezione senza macchia. Tu invece...» rise.

«*Fottuta* bestia. Parti.»

Anche per lui scherzare era più comodo che parlare seriamente.

«Prenditi cura di lei.» Si avviò verso la porta, poi ma si guardò. «Non consumarla.»

~

Domm

«Per i prossimi tre mesi, avremo bisogno di pattugliamenti aggiuntivi e di un'ulteriore sorveglianza dello spazio aereo vicino a Hectan-3.» Seke indicò un rendering digitale 4D del segmento galattico in questione.

Voci soffocate e confuse esplosero nella stanza mentre tutti noi guerrieri zandiani riuniti ci guardavamo l'un l'altro.

«Avete delle domande.» La voce di Seke era calma. «La

risposta è che gli ocreziani, almeno alcune fazioni di pirati fuorilegge, vogliono una delle nostre navicelle da guerra più nuove. Vogliono la nostra tecnologia.»

«Ogni fazione nella galassia cerca di rubare la tecnologia degli altri.» Un guerriero di nome Lanyon si alzò in piedi. «Cosa c'è di diverso adesso?»

«Hanno una nuova nave, con una migliore tecnologia di occultamento. Quasi invisibile a volte. Il problema è che dobbiamo prendere la loro navicella e decodificarla prima che loro prendano la nostra.»

Ci furono altri brontolii nella stanza.

«Cercheranno di prendere il nostro pianeta?»

«No. Gli ocreziani sono avidi ma non stupidi. Non è un'idea saggia per loro a questo punto; troppa pubblicità negativa, soprattutto con l'attuale accordo galattico a cui hanno aderito per migliorare i loro diritti commerciali. Sono a caccia di soldi.»

«Quindi vogliono solo ottenere i nostri progressi scientifici.»

«Esatto. E noi vogliamo i loro.» Seke alzò leggermente la voce. «Ma non rischieremo vite zandiane per ottenerli, è chiaro? Prenderebbero volentieri voi invece del vostro velivolo ed estrarrebbero informazioni. Ognuno di voi, da solo, vale molti soldi sul libero mercato se viene catturato. Non adotteremo comportamenti rischiosi. Ci comporteremo con particolare cautela e attenzione.»

Al termine della riunione incontrai Lanz sulla nostra navicella. Lo aggiornai sul messaggio di Seke.

Aggrottò la fronte. «Ma andiamo ancora in missioni di salvataggio?»

Annuii. «Sì. Ma siamo autorizzati a usare la forza se necessario e ci ha detto di evitare situazioni troppo rischiose.

Di tenerci fuori dalla cintura che comprende Jesel, Techna e le stelle del Midrian.»

«Ogni situazione è troppo rischiosa.» Ironizzò. «Ma capisco.»

«Come sta Mirelle?» Non vedevo l'ora di rivolgere la mia mente alla nostra compagna.

Sospirò. «Leggermente collaborativa, ma sembrava entusiasta quando è arrivata Kristine per parlare con lei.»

«È un buon segno, vero?»

Lanz inclinò la testa. «Non se la prende di mira come un altro essere umano che necessita di essere salvato.»

«*Kazo*» mormorai. «Abbiamo una bella impresa davanti.»

MIRELLE

«QUINDI MI È STATO CHIESTO di venire qui e raccontarti della vita umana su Zandia.»

La donna che mi guardava aveva occhi grandi e lucenti e una pelle scintillante, ma era la sua essenza che risplendeva davvero. Era felice, gloriosamente, esuberantemente felice. E si vedeva.

Non potei fare a meno di notare che aveva una guardia con sé, uno zandiano alto e forte. Incrociò le braccia sul petto gonfio e si fermò davanti alla porta. Ci guardò.

«Protezione?» Gli feci un cenno.

Alzò le spalle. «Mi è stato detto che è necessario quando ci incontriamo, fino a nuovo ordine.» A differenza di Bayla, che era assolutamente fiduciosa nei miei confronti, questa umana sembrava ombrosa. Lo vedevo nella tensione nelle sue spalle, nel modo in cui continuava a rivolgere lo sguardo alla guardia. Ma era anche curiosa nei miei confronti.

«Non ti farò del male. Nemmeno a lui.» Mi sedetti, la testa cominciò a farmi male, proprio dietro gli occhi. «Quindi, per favore, dimmi cosa sei venuta a dirmi.»

«Va bene.» Si lisciò la gonna fluida e si sedette con cautela, tenendo gli occhi fissi su di me. «Quindi, benvenuta a Zandia.»

Risi. Perché piangere non sarebbe servito a niente.

Lei deglutì. «Capisco come ti senti.»

«Ne dubito davvero.» Incrociai le braccia e feci oscillare un piede.

«Neanche io ero felice di essere qui all'inizio. Adesso lo adoro.» Si sporse in avanti. «Si fa una bella vita qui. Ed è meglio che tu non ci incasini le cose.» Era accigliata.

«Incasinare le cose?» Alzai le sopracciglia.

«Abbiamo sentito parlare delle tue capacità.» Mi fissò. «Come combatti. Come voli. So che vuoi andartene; tutte volevamo, all'inizio. La differenza è che tu potresti essere in grado di farlo. E questo mi spaventa, un po'. Perché quello che abbiamo costruito qui insieme è qualcosa che merita di durare.»

«Se un solo essere può mettere a soqquadro un intero pianeta, quel pianeta non deve essere così potente come pensava. Forse ha bisogno di essere demolito, così da poterlo ricostruire più forte.»

«O forse dobbiamo lavorare tutti insieme per garantirgli un futuro più forte.» Non aveva più paura.

«Come puoi vedere, sono sotto sorveglianza e capisco che sarò rinchiusa qui. Quindi è probabile che non causerò alcun caos nell'immediato futuro.»

«Ma posso vederlo dentro di te, in attesa di esplodere.» Si toccò il petto.

«Devi avere una vista straordinaria.»

«Devi avere una storia fantastica.»

Non me lo aspettavo da lei e aggrottai la fronte per la sorpresa. «Che cosa?»

«Per fare quello che hai fatto. Che fai. Devi essere un essere davvero incredibile.»

Sbattei le palpebre. Nessuno me lo aveva mai detto prima, e anche se era arrabbiata con me, la sua sincerità traspariva. «Io... non la penso in questi termini. Penso semplicemente ai miei obiettivi ed escogito dei piani per arrivarci.» Scelsi attentamente le mie parole. «E presumo che anche tu abbia una vita non ordinaria.»

«Ogni essere umano ha una vita non ordinaria.»

Tirò fuori un dispositivo di comunicazione dalla borsa. Premendo un pulsante, le immagini olografiche presero vita. «Guarda.»

Mi porse il dispositivo.

«Cosa dovrei vedere?» Ma i miei occhi si fermarono sulla prima grafica. Ripresi fiato. «Oh, stelle.» Era un gruppo di almeno venti donne umane insieme. E a differenza di altri gruppi che avevo visto, questi esseri sorridevano. Forti. In salute. Contente. E alcune di loro tenevano in braccio dei bambini.

Feci girare l'ologramma. «Sono bambini zandiani?»

«No. Sono bambini umano-zandiani.» Le si riempì la voce di orgoglio. «Continua a guardare.»

Scorsi.

Lei si alzò dalla sedia e si mise accanto alla mia spalla, chinandosi per raccontare. Sentii il suo profumo, leggero e floreale. Pulito. «Quella femmina è Janette. lavora con il dottor Daneth e sviluppa medicinali per il nostro pianeta. Alcune delle sue creazioni sono migliori delle pomate più avanzate che puoi ottenere sul mercato di Zellion.»

Fischiai. «Zellion è nota per la sua tecnologia medica.»

«Sì.» Scorse. «Lei è Angela. Si occupa di meccanica e ha contribuito a creare il nuovo sistema di occultamento. È una partner alla pari con i designer zandiani. Super intelligente.» Mostrò l'immagine di una navicella.

«Oh, stelle.» Mi prudevano le mani dal desiderio di mettermi dietro i comandi e farla volare. «È un sogno.»

Avrei voluto ingrandirla per esaminarne i dettagli, ma lei si sporse e scorse verso di me. «Questa è una foto della fattoria gestita da Betha. Guarda i prodotti che coltiva! Meglio di quello che puoi ottenere su Allurex.»

Tornai alla foto della navicella. «È fantastica. Ci lavora davvero lei?»

«Ovviamente. È conosciuta sul nostro pianeta come uno degli esseri più intelligenti in circolazione.»

Gelosia e competizione mi turbinarono nello stomaco. «Potrei farlo anche io. Stelle, lasciatemi là dietro per la rotazione di un pianeta e potrei farlo.» Scossi la testa. «Potrei fare cose straordinarie. Lo so.» Per un secondo, mi rividi in quella navicella, mentre aiutavo a migliorarla. Una visione di me, Lanz e Domm sulla navicella, che combattevamo e lavoravamo insieme, salvando... scossi la testa. Per le stelle. Da dove veniva questa idea ridicola?

«Dovresti prima guadagnarti la fiducia.» Batté le dita sul piano del tavolo.

«E come si farebbe?» Ricordavo di dover fingere interesse nel fare proprio questo. Il problema era che non era sicura che fosse del tutto falso. Vedere quelle umane e i loro successi? Mi venne voglia di staccarmi il braccio se necessario per avere accesso a quel tipo di tecnologia. Lavorare insieme in questo modo per un obiettivo comune.

Lei non rispose subito. Si sedette di fronte a me. Mi

guardò. Poi disse: «Ci piace qui. Abbiamo scelto questa come nostra casa. Il nostro futuro.»

«Ma, e mi dispiace dirlo, probabilmente non hai nessun altro posto dove andare, giusto? Quindi è stato più facile per te ambientarti.» Pensai a Jesel. «Non eri legata a un posto che amavi. Solo una brutta situazione da cui scappare.» Era giusto dirlo, perché non solo era vero, ma sarebbe stato sospetto per tutti se avessi accettato la vita qui in un batter d'occhio. Avevo bisogno di tirarlo fuori. Di mostrare la mia riluttanza iniziale.

«È quello che hai anche tu.»

«Affatto. Ho una casa che ho contribuito a costruire con le mie mani e il mio sangue. Proprio come hai fatto tu, qui. E il mio principale giuramento di lealtà è rivolto a quel posto.»

Il disagio mi punse, perché questo non era proprio vero. Almeno, la mia dedizione non era così forte come avrei voluto farle credere. Jesel era un luogo pericoloso e strano, tanto terrificante quanto familiare. Per tutta la vita avevo sognato qualcosa di più. E anche se non pensavo che assomigliasse a questa vita, qualcosa in me si era rilassato qui. Sembrava giusto.

Ma avevo passato tutta la vita a lottare per migliorare la situazione lì, per aiutare gli umani che ancora vivevano lì, e non avevo intenzione di rinunciare a quel sogno adesso.

«A volte la vita ha un percorso tortuoso, ma finisci in un posto che realizza il tuo destino» disse Kristine.

«Su questo sono d'accordo.» L'unico problema era che al momento mi trovavo nel posto sbagliato.

Si alzò. «Mi è stato chiesto di portarti in giro a visitare alcuni altri posti sul pianeta.»

«Con la guardia, ovviamente.» Lo guardai.

Lei arrossì. «È autorizzato a usare la forza se io, voglio dire, tu, disobbedisci.»

Interessante. Ero convinta che questa donna provasse qualche tipo di sentimento per il potente guerriero. Anche se non potevo negare che questi zandiani fossero malvagiamente attraenti. Il solo pensiero di ieri sera mi fece vibrare il corpo di desiderio.

Mi schiarii la gola. «Non farò nulla che richieda l'uso della forza. Sarò un modello di correttezza.»

«Va bene.» Mi guardò e la sua faccia era seria. «Perché vivere qui è davvero straordinario, Mirelle. Non perdere l'opportunità prima ancora di renderti conto di quanto ne hai bisogno.»

Non ero così soddisfatta della sua risposta da fornire una risposta superficiale. E dovevo conservare le mie energie per l'acquisizione di informazioni.

CAPITOLO NOVE

Domm

«Siete pronti?» Diedi un'occhiata a Mirelle. Come al solito, solo guardarla mi fece venire voglia di lei. Ringhiai e mi adeguai.

«Sì.» Si comportava con sicurezza, ma potevo percepire la sua ansia dal modo in cui teneva stretto il bordo del tavolo. Dal modo in cui si mordeva il labbro inferiore. «Ed era ora che mi lasciaste uscire di qui.»

Lanz le prese la mano. «Lasciami esaminare la tua manetta.»

Lei si arrabbiò ma gli permise di prenderle il braccio. Toccò il lato argentato lucido e una luce verde lampeggiò brevemente.

Lanz mi guardò. «Domm, il tuo è attivato?»

«Già testato. È programmato per essere aperto solo dietro nostro comando, e le manette negheranno l'accesso alle aree sensibili della città.» Mi rivolsi a lei. «Mirelle. Le manette lampeggeranno in giallo quando ti avvicini a un'area vietata. Lampeggeranno in blu quando saremo vicini, così potrai sapere che i tuoi padroni si avvicinano.» Sorrisi.

Mirelle incrociò le braccia e si accigliò, e io sussultai. «Mi dispiace, piccola guerriera. Sei una combattente eccezionale e un'avversaria astuta. Saremmo degli sciocchi a lasciarti andare in giro senza un sistema di sicurezza.»

«Vi rendete conto che questo mi rende ancora più determinata a scappare, vero?»

Kazo.

Naturalmente. Volevamo che si fidasse di noi, ma noi stessi non le mostravamo alcuna fiducia. Questo non mi andava bene, ma lasciarla andare libera sarebbe stata un'idiozia da parte nostra.

«Ricorda che il bracciale emetterà un allarme e si bloccherà al muro se provi ad entrare nelle zone di volo, nelle officine meccaniche o nelle aree di formazione tecnica che ti sono vietate» la avvertii.

Sospirò. «È chiarissimo.»

«E cosa succede se disobbedisci?»

Sorrise. «Probabilmente riuscirei ad inventarmi in cinque minuti qualcosa su cui il vostro equipaggio ha lavorato per diversi cicli solari. Correggendo alcuni errori, impedendovi di uccidervi con una nuova arma che avete collegato in modo errato. Cose semplici come questa.»

Non potei fare a meno di sorridere. Mi avvicinai. «Mi piacerebbe vederlo.» Ciò che stava suggerendo era la versione dei miei sogni di Mirelle: completamente integrata, viva, parte di Zandia. Tenerla prigioniera la stava distruggendo, e questo distruggeva me.

Distolse lo sguardo, come se fossi stato troppo autentico con lei.

Sapevo che io e Lanz le piacevamo. Le piaceva quello che facevamo, punizione e piacere, tutto. E sapevo che avrebbe adorato questo pianeta se solo gli avesse dato una mezza possibilità. Ma la sua mente era così piena della sua vecchia vita, che temevo non ci sarebbe stato spazio nemmeno per pensare a qualcosa di nuovo.

Poteva non averci parlato del suo passato o della sua vita su Jesel, ma riuscivo a vederlo nei suoi occhi ogni secondo di ogni rotazione del pianeta. Tuttora si trovava più lì che qui.

Dovevamo risolvere questo problema prima che si esaurisse il tempo.

Ma per ora speravo che la nostra gita sarebbe stata un buon inizio.

«Puoi visitare le fattorie, altre proprietà coloniche, il centro città. Iniziare a interagire con altri umani. Ti sembra un buon piano?»

Le piazzai le mani intorno alla vita, poi le feci scivolare giù per afferrarle il sedere.

«Mmmm.» Spinse il suo corpo tra le mie mani. «Certamente.»

Il mio corpo aveva delle idee su quale avrebbe potuto essere un altro buon piano.

«Siamo già in ritardo per incontrare Rok.» Lanz controllò le comunicazioni. «Ci sarà tempo per quello più tardi.»

«Lo spero vivamente.» Mirelle si spinse di nuovo contro di me. Sapevo che usava il sesso come distrazione, forse per distogliere la mente da altre cose. E non mi dispiaceva. Speravo solo che arrivasse al punto in cui potesse apprezzare la vita qui anche senza orgasmi.

LANZ

«MA È FANTASTICO.» Mirelle lo aveva detto più di una dozzina di volte, e ogni volta con più entusiasmo.

Le presi la mano, il suo apprezzamento era contagioso.

«Come fate a far scivolare la navicella così dolcemente sul terreno?» Diede un'occhiata ai comandi. «È propulsione magnetica? Ovviamente.» Scosse la testa. «Domanda stupida. Ma non ci sono magneti nel terreno. A meno che il minerale implicitamente presente nel nucleo del vostro pianeta non sia adattabile e possa fornire una spinta per la guida?» Il suo bel viso era illuminato come cento stelle.

«Sì» dissi.

«A cosa?»

«Tutto.» Domm sorrise.

«Lo sapevo!» Alzò il pugno. «Sì. Ma ciò significa che dovete avere potenti magneti 3 al neodimio, il che significa che avete la capacità di contenere il campo magnetico, il che significa che avete anche transistor a barriera controllati dalla luce. *Madre Terra*!»

«Come fai a sapere delle resistenze di barriera controllate dalla luce?» Alzai le mani. «C'è qualcosa in questo universo di cui non hai sentito parlare?»

Sorrise. «La cosa peggiore nel guidare una navicella piccola, arcaica e goffa come la mia è che tutti ti vedono arrivare. E la parte migliore è che nessuno ti vede arrivare, se lo fai bene. Posso entrare in posti come se fossi invisibile. Ascolta, assorbi la tecnologia, fruga. Ah» – tossì – «ah, a volte, si possono riscattare le cose dagli altri.» Mi lanciò uno sguardo di traverso. «Cose di cui loro potrebbero fare a meno e di cui io invece ho bisogno.»

Alzai gli occhi al cielo. «Sei una piccola *kazo* di pirata.»

«Liberatrice» mi corresse con un sorriso.

«Madre Terra. Quello... che cos'è?» Si premette contro il vetro della nostra navicella, tutto il suo corpo tremò per l'eccitazione.

«Quella è la cupola di una fattoria.»

«La forma a nido d'ape del metallo è geniale. Se solo potessi procurarmi i materiali, mi piacerebbe rifarlo su Jes...» Si interruppe e il suo corpo si gelò. Un secondo prima era vibrante, ora era di pietra. Piatta.

Per l'unica vera stella zandiana, avrei voluto che dimenticasse il pianeta trappola mortale da cui proveniva e trovasse uno scopo qui.

Si sedette di nuovo e guardò fuori dalla finestra, silenziosa.

«Cosa faresti?» Resi la mia voce bassa e seducente, come se stessi cercando di convincere un animaletto.

Non mi aspettavo che rispondesse; di solito evitava di parlare della sua vecchia vita. Ma questa rotazione del pianeta mi sorprese.

«Creerei case con quella forma. Vedi come il modulo è automaticamente portante? È resistente alle intemperie e durevole.»

«Che tipo di case ci sono adesso? Là?»

«Non sei mai stato a Jesel prima? So che gli zandiani ci hanno abbandonato degli umani in passato.» Sembrava un po' sarcastica. «È interessante che tutta la mia vita sia una nota a piè di pagina nella vostra.»

«Io, personalmente? Cicli solari fa, sì. Ma non spesso. E non di recente. La compagna del nostro capitano è di Jesel. La salvò da un branco di maschi umani che la trascinavano per i capelli e si imponevano su di lei. Ripetutamente.»

Guardai Mirelle impallidire. Era un colpo basso, ma sapevo che il suo pianeta natale poteva ospitare esseri umani liberi, ma che era comunque un luogo selvaggio e senza legge, inadatto alla comunità civilizzata.

«Sì, succede» disse con voce strozzata. «Le donne sono molto meno numerose degli uomini, come lo sono qui» disse con uno sguardo tagliente.

Ignorai il colpo. «È strano che tu sia stata lì tutto il tempo e non lo abbiamo mai saputo.» Come aveva potuto l'universo avercela nascosta?

«Restiamo fuori dai radar.» Annuì. «Abbiamo case caverne sotterranee.»

«Allora come vivete?»

«Le cose sono cambiate» ammise. «Le nostre case sono fatte di mattoni di fango, in genere, o di paglia. Viviamo in condizioni difficili, ma possiamo concentrare le nostre energie sull'artigianato e sulla tecnologia.»

«Ha senso.» Annuii. «A patto che tu non debba preoccuparti degli elementi o degli animali.»

«Non ci sono molti predatori su Jesel.» Per qualche ragione impallidì.

«Sì?» Sentii che questo era un punto fondamentale. Allungai la mano, la passai sopra il suo braccio, ma non la toccai.

Lei scosse la testa. «La parte importante è che devi essere più forte delle sfide. Non mollare mai, anche quando è difficile.»

«Le creature pericolose sono state importate accidentalmente?» C'era qualcosa che non mi diceva ed ero curioso. Volevo sapere perché il suo viso fosse diventato così serio, le spalle tese.

«La vita comporta sempre qualcosa di pericoloso. La domanda è come gestirla.»

Aveva riacquistato la calma, ma a un certo prezzo. Notai che aveva le braccia tese, così come tutto il resto del corpo. «E su Jesel, posso gestire le cose.» Si premette le unghie nei palmi così forte che pensai che avrebbe potuto tagliarsi la pelle.

Continuava a parlare di tornare a Jesel, ma cavolo, per qualche motivo l'idea la stava logorando dentro. Sapevo che quel posto non era affatto sicuro e, chiaramente, aveva avuto delle brutte interazioni lì.

«Mi sento come se stessi parlando a vanvera.» Le appoggiai la mano sul braccio. La accarezzai. Mi chinai e le allargai le dita, feci scorrere le mie sui piccoli solchi a mezzaluna che aveva creato nella sua pelle.

«Che tipo di predatori ci sono qui?» Mi permise di aprirle le mani, ma distolse lo sguardo.

E...aveva cambiato argomento. Per ora lasciai perdere. «Le *vipn* vivono nelle foreste. Sono veloci, con denti affilati come rasoi e saliva che può causare un'infezione brutta e difficile da curare. Può rendere un essere delirante. Sono animali da soma, protettivi nei confronti dei loro piccoli. Ma preferiscono evitare gli zandiani, quindi se non li sorprendi o non fai loro sentire che stai attaccando i loro piccoli, puoi evitare brutti incontri.»

«Prima hai detto che sono buone combattenti?» Alzò un sopracciglio, sorridendo di nuovo. «Lo ha detto anche Bayla.»

«Assolutamente. Si muovono preservando le energie come in una danza. E sono potentissime.»

Si ricordava che l'avevo chiamata così. Chiaramente. Stava verificando per assicurarsi che il confronto le piacesse.

«Non sono velenosa, però.» Questa bellissima umana mi guardò e strinse gli occhi.

Sorrisi. «Questo resta da vedere.»

Alzò gli occhi al cielo, ma sapevo che le era piaciuta la mia battuta, e un sorriso le illuminò il viso.

«Ci siamo.» Tolsi il pilota automatico e parcheggiai fuori dalla grande cupola argentata. Diedi un'occhiata a Domm.

Alzò un sopracciglio.

«Cos'è questo?» Tutto il suo corpo era pieno di energia.

«Un luogo dove vengono svolti alcuni dei nostri lavori

migliori.» Aprii il portellone e le presi la mano, anche se non ne aveva quasi bisogno per scendere i gradini della navicella che si abbassavano automaticamente.

«E me lo fate vedere?»

«In parte sì. Altre parti, no. Come abbiamo detto.»

«No, mai?»

«No per ora. Il futuro sta a te. Dipende da come gestirai tutto questo.» Alzai le mani. «Sei padrona del tuo destino, Mirelle.»

Fece una smorfia e alzò lo sguardo al cielo, anche se, luminoso com'era con il sole cocente, non si vedeva altro che bagliore. Se stava cercando le stelle, avrebbe dovuto cercare più attentamente.

«Domm. Lanz.»

Mykl si fece avanti, il suo pugnale luccicò alla luce del sole splendente. «Siamo pronti per voi.» Il suo sguardo, mentre passava accanto a Mirelle, era imparziale. Ma il modo in cui stringeva la mascella ne tradiva il disagio. Non tutti erano contenti del nostro piano per riabilitare la piccola umana.

«Mirelle, questo è il leader della cupola, Mykl. Obbedirai esplicitamente ai suoi comandi.»

Aveva uno sguardo annoiato. «Capito.»

«Ti mostrerà l'area per cui devi lavorare adesso. Ti daremo la possibilità di lavorare nelle riparazioni elettroniche con un altro essere umano. Vediamo come te la cavi.»

Lei aggrottò la fronte. «Vi assicuro che lavorerò bene.» Si sporse in avanti, sbirciando oltre Mykl. «Lì dentro?» Si spostò da un piede all'altro. Sbirciando ovunque con lo sguardo. Aveva gli occhi spalancati, tutto il suo corpo era appoggiato alla cupola.

La voce di Mykl fu brusca. «Sì. Ti porterò alla stazione. Se causerai problemi, non ti permetterò di tornare.» Si schiarì la gola. «È pronta?» Mykl si avvicinò a me. «Il protocollo di sicurezza sulle sue manette?»

«Sì. Mirelle, giusto per ripeterlo: se tenti di entrare in una zona vietata, partirà l'allarme e ti bloccherà al muro più vicino. E i tuoi privilegi verranno revocati. Mykl ti prenderà in custodia. Il re verrà informato. Chiaro?»

Annuì con aria sottomessa.

Un nodo allo stomaco mi diceva che questa non era la tattica giusta da usare con lei, ma non sapevo in quale altro modo darle uno scopo – permetterle di iniziare a costruirsi una vita – ed essere comunque sicuro che non sarebbe scappata.

Sapevo che odiava essere sotto il controllo di qualcuno, soprattutto del nostro. E non mi piaceva particolarmente gestire in tutto e per tutto un essere. Ma per ora, finché non avessimo avuto fiducia in lei, era necessario.

Mentre ci allontanavamo con la nostra navicella, sentendo *l'assenza*, ora che Mirelle non era con noi, lanciai un'occhiata a Domm.

«Pensi che sia pronta? L'abbiamo fatto troppo presto?» Feci una pausa. «Mykl non ne era contento.»

Alzò le spalle. «Non abbiamo tempo da sprecare. Che si adatti, o meno.» Teneva le mani strette sul tablet.

«Se avessimo aspettato un ciclo solare, si sarebbe ambientata di più.»

«Se avessimo aspettato mezzo ciclo solare, sarebbe morta.» Sbuffò. «Di noia, o forse per sua stessa mano. Non è in grado di restare inattiva. Lo sai.»

Annuii. «Lei è come il fuoco. Non puoi contenerla.»

«Se solo riuscissimo a guidarla nella giusta direzione.» Sembrava speranzoso mentre gesticolava con entrambe le mani, imitando una traiettoria. «Ad allinearla con noi.»

«Sì.» Mi schiarii la gola.

«E per quanto riguarda Mykl, fa quello che gli viene detto di fare, come noi. Un suddito leale e un guerriero.»

«Infatti.» Alzai gli occhi al cielo. «Penso che abbia bisogno di una compagna. Lo renderebbe meno irritabile.»

«Per noi funziona?» rise. «Penso che siamo più nervosi che mai.»

«Un problema temporaneo, fratello.» Gli diedi una pacca sulla schiena. «Tieni presente che la nostra compagna è probabilmente la più pazza e pericolosa del pianeta.»

«Abbi fiducia in noi.»

Lo considerai. «Scegliamo sempre le missioni più pericolose e gratificanti. Perché le nostre vite personali dovrebbero essere diverse?»

Inclinò la testa. «Ottima osservazione.» Poi mi sorrise e mi diede una pacca sulla spalla. «E non riesco a immaginare un partner migliore per tutto questo.»

«Neanche io.» Anch'io gli misi il braccio sulla spalla e per un secondo restammo lì, intrecciati, in un modo che mi riempì il cuore.

Anche se avevo lavorato al fianco di Domm per dei cicli solari, considerandolo mio fratello di sangue, questa era la conversazione più personale e intima che avessimo avuto da... sempre. E mi piaceva. Invece di farmi sentire debole, il legame che condividevamo mi dava potere.

«Possiamo far funzionare qualsiasi cosa se ci confrontiamo.» Si allontanò da me e tornò alla console di volo.

«Il che è positivo, dato che dobbiamo evitare i pirati ocreziani e rubare una delle loro navicelle senza subire danni alla nostra o a noi stessi.»

«Un gioco da ragazzi, te lo dico io.» Rise, e lo feci anch'io, perché non c'era nient'altro da fare. Era davvero una delle sfide tecniche più difficili che avessimo mai affrontato.

CAPITOLO DIECI

Mirelle

«Puoi passarmi, per favore, ah, come si chiama?» Indicai l'attacca-mini-rivetti guidato dal laser.

L'umana accanto a me sospirò. «Te l'ho già detto più volte. È una guida laser.»

Si scambiò un'occhiata con l'altra umana alla sua destra. «E dovrai tenerla con attenzione in modo che non interferisca con la tua manetta.»

«Lo so. Grazie,» dissi con voce dura e tesi la mano. «Posso?»

«Prego. Prendi quello che vuoi, Mirelle. Siamo qui a tua completa disposizione.» Il suo tono era abbastanza educato, ma potevo percepire il *vaffanculo* nascosto tra le parole.

Queste donne mi odiavano e non mi conoscevano nemmeno.

Mi allungai e lo presi, dato che chiaramente non aveva intenzione di passarmelo.

«Cerca di non provocare un incendio.» Sorrise alla sua amica.

Amber e Kianna. Entrambe muscolose e alte. E con i polsi liberi, a differenza mia. Un fatto che mi ricordavano tutte le volte che potevano. Almeno un paio di volte per rotazione del pianeta.

«Fai ancora un po' di pratica.» Amber sorrise al mio tentativo e alla scintilla che lampeggiò mentre scivolavo, lasciando che lo strumento graffiasse il metallo sottostante. «Ci riuscirai... prima o poi.» Emise un verso. «Che c'è, sono passate solo poche settimane, giusto? Sono sicura che ci prenderai la mano.»

«Se lo vuoi davvero, ovviamente.» La sua amica, Kianna, incrociò le braccia e mi guardò accigliata.

«Cosa dovrebbe significare?» Posai lo strumento e la fissai.

«Cosa pensi voglia dire?» Kianna non si tirò indietro. Al contrario, si avvicinò, finché non fummo praticamente naso contro naso. Se non fossimo state in questo posto, penso che avrebbe voluto litigare con me. E dannazione, ero convinta che sarebbe stata una bella lotta. L'avevo vista camminare e mi piaceva il modo in cui esaminava l'ambiente. Se fossimo tornate su Jesel, l'avrei scelta immediatamente come sparring partner. Insegnandole tutto quello che sapevo.

Lei continuò. «Significa che se provi a incasinare qualcosa, dovrai vedertela con noi, prima di occuparti degli zandiani.»

Alzai le mani. «Non sono qui per causare problemi.»

«Certo.» Lei alzò gli occhi al cielo.

«Qual è il tuo problema?» Alzai la voce. «Ho fatto qualcosa nelle ultime settimane che ti dà motivo di preoccuparti?»

«Beh, a parte il fatto che hai messo a repentaglio una navicella zandiana con a bordo due dei nostri migliori guerrieri, hai interferito con una missione di salvataggio umano e poi in qualche modo li hai convinti a prenderti come compagna?» Alzò le sopracciglia. «Niente, Mirelle.»

«Voglio solo imparare.» Agitai la mano verso il tavolo, verso le unità di comunicazione, i fili e i pezzi sparsi. «Usare le mie capacità. Aiutare qui.»

«Ci scommetto. Quindi, impara.» Fece un cenno ad Amber. «Andiamo.» Si voltò verso di me. «Quando torniamo, faremo tutte e tre una gita alla cava vicino al bosco. Abbiamo bisogno di più minerale da fondere in mag-3.»

Le due uscirono ridacchiando tra loro, avvicinandosi tra loro come se fossero sorelle.

Non mi invitavano mai a pranzo con loro e finivo per mangiare da sola alla mia postazione di lavoro. Non sapevo dove andassero. Non chiedevo mai e loro non davano dettagli.

Le guardai andare via. Sentii una fitta al petto per il modo in cui erano così vicine. Poi inspirai profondamente e presi in mano lo strumento, l'unità di comunicazione campione e il manuale, che era pieno di minuscoli codici che mi facevano socchiudere gli occhi e cercai di concentrarmi. Non mi avevano nemmeno chiesto se ero in grado di decodificare quando ero arrivata. O davano per scontato che potessi farlo, oppure speravano di mettermi in imbarazzo. Di spaventarmi.

Non mi spaventavo facilmente. E potevo capirlo, anche senza aiuto. Potevo decodificare in diverse lingue. Lo avevo fatto per tutta la vita e la verità era che in genere lavoravo comunque meglio da sola.

Mi piegai in avanti. Ero al primo step di un migliaio. Lo avrei affrontato un minuto alla volta e prima che me ne potessi rendere conto sarei arrivata al traguardo.

～

MIRELLE

GUARDAI A DESTRA E A SINISTRA, poi tirai fuori la mano e afferrai il resistor pack. Mi ci volle un secondo per infilarlo nella tunica.

Questo era l'ultimo pezzo di cui avevo bisogno, dopodiché il mio uni-scanner personale sarebbe stato completo. E non provavo il minimo senso di colpa. Era l'unico modo che avevo per scoprire cosa stesse succedendo su Jesel.

Per il momento ero sola, ed era rischioso, ma non potevo resistere. Inserii il componente in posizione e poi premetti il pulsante. Scansione. Trattenni il respiro. Il cuore mi batteva così forte che mi sentivo senza fiato.

Un secondo dopo, immagini e codici scorsero lungo lo schermo digitale, intercettazioni di comunicazioni non nascoste. Vari linguaggi e simboli, molti dei quali non li riuscivo a capire. Quelli in ocreziano erano per lo più spazzatura: dati sul percorso di volo per l'atterraggio di navicelle su pianeti vicini, dati noiosi sulle torri.

Ma quando lo vidi mi vennero le lacrime agli occhi, perché questo era il mio collegamento. Ora ero connessa all'universo con la punta delle dita. Potevo vedere cosa stava succedendo oltre Zandia. Non ero più una pura prigioniera, potevo almeno sapere cosa stava succedendo oltre la mia gabbia dorata.

Mi misi una mano alla bocca mentre i simboli danzavano e scorrevano, file di 1 e 0, poi cifre, poi scarabocchi che avrebbero potuto essere scritte in mayoriano. Ero entrata.

«Sto tornando, Iselle» sussurrai, toccando la fiamma sul mio collo. «Sto arrivando.»

∾

Domm

«VUOI FARE VISITA ad Alanna e Cassie, le umane che hai cercato di rubare ad Archer?»

Non feci in tempo a dirlo che Mirelle mi saltò addosso. «Sì!»

Risi e barcollai, abbracciandola. «Stai tranquilla, piccola guerriera. Anche loro sono ansiose di vederti.»

«Dove sono? A casa di Archer?» I suoi occhi scrutarono i miei. Poi distolse lo sguardo. «Sono arrabbiate con me?»

«Non credo.»

«Perché a loro piace stare qui, giusto? E le ho quasi portate via da questo. Tutto.» Agitò la mano verso la nostra finestra, verso la città. «Stavo solo cercando di aiutare.» Alzò la voce.

La osservai. «Archer non mi ha detto niente di tutto questo, quando abbiamo parlato. Ha semplicemente detto che si stanno adattando bene.»

«Scommetto che non portano le manette.» Toccò le sue.

«No» confermai. «Sei pronta?»

Cercavo sempre di cambiare argomento quando parlava delle manette, perché il tema portava sempre a discussioni.

«Sono sempre pronta.» Ma prese una borsa. «Ancora più pronta.» Mi guardò e spiegò: «Bayla mi ha dato dei dolci. Vorrei condividerli.»

Sorrisi e scossi la testa. «Andiamo.»

QUANDO RAGGIUNGEMMO la casa di Archer, feci entrare Mirelle.

Lei fece un cenno con il capo ad Archer. «Saluti.» Si

sistemò più volte la borsa sulla spalla e guardò prima me, poi il pavimento. Lanciò un'occhiata alle due umane. «Ciao.» La sua voce era bassa e un po' stridula.

Speravo che le sue preoccupazioni si sarebbero placate quando Alanna si precipitò ad abbracciarla. «Mirelle!» La sua voce era calda, affettuosa. «È così bello rivederti.» Rise. «Beh, in circostanze migliori per entrambe.» Era così cambiata. L'avrei riconosciuta a malapena come l'essere sporco, tremante e terrorizzato su quella nave sgangherata. No, ora era piena di grazia e fiducia. Il suo viso trasudava felicità.

La figlia, Cassie, però si trattenne e poi iniziò a piangere. Archer la prese tra le braccia e le mormorò qualcosa, poi prese un giocattolo dalla piattaforma per il sonno disposta a lato, qualcosa di morbido e gonfio con una faccia. Apparentemente ai bambini umani piacevano le repliche degli animali. Che strano. Magari a tutti i piccoli, non ne avevo idea.

«Papà» piagnucolò. Qualcosa nel mio cuore si contorse mentre guardavo Archer calmare questo piccolo essere umano. Era straordinario vederlo con una piccola, un guerriero così feroce capace di tanta devozione. Mi fece desiderare…

Ma Mirelle emise un verso di angoscia, un piccolo *oh,* e mi rivolsi a lei, sentendo il bisogno di confortarla. «Va tutto bene» dissi. «Probabilmente si sta solo ricordando della navicella. Degli ocreziani.» La tirai al mio fianco, pronto a ringhiare alla bambina per aver fatto arrabbiare la mia compagna.

«No.» Archer scosse la testa, con la sua voce profonda che rimbombava. «Ha paura di ogni nuovo essere. Passerà col tempo man mano che si abituerà alla vita qui.»

Alanna tornò da sua figlia e lo sguardo che rivolse a lei e ad Archer mi rese malinconico. Mirelle ci nascondeva qualcosa, lo sapevo. Questa umana si era donata completamente. Ma del resto Alanna era una schiava. E ora era libera. Mirelle era libera ed eccola qui in manette.

Mirelle sembrava ancora titubante. «Sei felice?» chiese, con voce incerta.

«Sì. Vieni a sederti e ti dirò cosa sta succedendo.» Alanna prese Mirelle per mano. «Ho della frutta dalla fattoria di un'amica. Frutti di bosco. Li adorerai, te lo giuro. E devo raccontarti di come sto imparando a decodificare.»

Mentre le due si sedevano, la postura di Mirelle cambiò. Aveva raddrizzato le spalle e sorrideva di più. Gesticolava e infine rise. Quando le due si avvicinarono e ridacchiarono per qualcosa, emisi un sospiro. Sarebbe andato tutto bene.

Mi sorprese quanto mi preoccupassi dei sentimenti di Mirelle e di come la vedevano gli altri. Volevo che si adattasse qui, che piacesse agli altri, oltre che il posto piacesse a lei. Volevo che facesse parte di Zandia. Che ne avesse bisogno.

Una parte di me era frustrata. Alanna si era adattata perfettamente a questo posto e lo aveva fatto davvero in fretta. Perché diavolo non potevamo aiutare anche Mirelle a farlo?

Avrei voluto ruggire e colpire qualcosa, ma mi costrinsi a rimanere calmo. Ce l'avremmo fatta, io e Lanz. Io ero il più tranquillo tra noi due e dovevo mantenere la calma per poter raggiungere i nostri obiettivi.

CAPITOLO UNDICI

Mirelle
Il viaggio verso la cava di minerale fu più teso di quanto mi aspettassi. Kianna e Amber erano concise e mi parlavano a malapena.

«Aspetta qui» mi disse Kianna.

«Non dovrebbe mai rimanere incustodita su un velivolo» le ricordò Amber.

«Giusto. Seguimi, allora.» Kianna alzò gli occhi al cielo. Uscimmo dalla navicella in un campo di erba frusciante. I boschi erano a chilometri di distanza, gli alberi scuri e contorti in una macchia all'orizzonte, inquietante. Ma il sole era luminoso e caldo, la brezza frizzante e le pietre della cava scintillavano.

«Questo» – indicò Amber, anche se avrebbe preferito non dirmi nulla – «è il nostro posto migliore per raccogliere il minerale di cui abbiamo bisogno per le parti magnetiche. In realtà è semplicemente sparso sulla superficie ed è facile da recuperare.» Si avvicinò di corsa e si mise un paio di guanti spessi. Poi ordinò: «Voi due portate i contenitori.»

«Mi sembra una perdita di tempo, però, dover raccogliere le proprie provviste.» Lo facevo anch'io su Jesel per necessità, ma qui la divisione del lavoro era più precisa.

Kianna alzò le spalle. «Tutti hanno bisogno di un diversivo di tanto in tanto. Mi piace venire qui, comunque. È carino.»

Se ne stava con le mani sui fianchi e osservava la zona.

Aveva ragione; anche se in un certo senso era desolato, e aperto, l'erba si estendeva per chilometri, ondeggiava e si muoveva come le onde in un mare. C'erano stormi di uccelli. La foresta era una macchia scura all'orizzonte, come un'ancora.

«Mi ricorda...» Si interruppe.

«Cosa?»

«Un posto in cui vivevo.» Il suo sguardo era distante quando la guardai in viso. Pensavo che stesse ricordando un essere più che un luogo. E ora notai quanto fosse affamata di qualunque cosa vedesse, e non si trattava dell'erba e degli alberi. Era qualcosa di lontano.

«Prima di venire qui?»

«Ovviamente sì.» Mi schernì. «La tua comprensione del banale è davvero ammirevole.»

«Ti manca?» Ero curiosa, quindi mantenni la voce bassa.

«Sono felice qui.» Si girò verso di me. Era accigliata, il viso era teso. «Solo perché ho dei bei ricordi non significa che non sia pienamente soddisfatta di questo posto.»

«Non volevo dire che fossi insoddisfatta.» Alzai le spalle.

«Tu intendi che dovremmo esserlo, però, ogni volta che mi guardi.» Alzò la voce.

«Cosa vuoi dire?» Mi accigliai.

«Ti comporti come se pensassi di essere migliore. Come se avessi un obiettivo degno, come se tu fossi il vero essere umano e noi solo piccole schiave robot. Bene, lascia che ti dica una cosa.» Mi puntò un dito sul petto, fissandomelo addirittura allo sterno. «Quello che facciamo qui non è facile e non è un'impresa da poco. E se non puoi salire a bordo, non ti vogliamo. Capito?»

«Quando mai ho lasciato intendere qualcosa?» Alzai entrambe le mani, perplessa.

«Ogni volta che mi guardi!» Gridò, poi si voltò dall'altra parte. «Con i tuoi occhi accusatori. Madre Terra.»

«Non lo faccio.» Che diavolo? Non aveva torto sul fatto che pensassi ai miei obiettivi. Ma come poteva non vedere quanto fossi aperta ad amare questo posto? Quanto volessi integrarmi ed essere parte di tutto questo?

Fu allora che sentimmo l'urlo.

Con mio orrore, Amber stava affrontando una creatura marrone e nera i cui peli erano sollevati. Ringhiava e le file di denti lampeggiavano di giallo al sole. L'odore che fuoriusciva dal suo corpo era disgustoso, come di carne in decomposizione, ma i suoi occhi non erano morti: erano dotati di intelligenza acuta.

«Cosa ci fa qui?» La voce di Amber era acuta per il panico. Fece un passo indietro, respirando affannosamente. «Non sono mai uscite dal bosco per venire fin qui.» Agitò le braccia.

No, volevo avvisarla. Doveva stare ferma.

Non ne avevo mai affrontata una prima, ma il mio istinto prese il sopravvento.

«Non lo so!» La voce di Kianna era tesa. «Hai un'arma?»

«No, certo che no.» Amber fece nuovamente un passo indietro. «Dovremo combatterlo?»

«Madre Terra» sussurrò Kianna. L'animale la guardò. L'avrebbe attaccata.

Nemmeno io avevo un'arma, ma avevo me stessa.

Senza pensare, urlai il mio grido di battaglia e l'animale si girò verso di me, più lentamente di quanto ci si sarebbe aspettati, quasi come se stesse casualmente determinando se valesse la pena attaccarmi.

Poi si decise. Mi saltò addosso.

Era passato un po' di tempo dall'ultima volta che mi ero mossa in questo modo, e anche se questa non era una bella situazione, ci fu qualcosa di immediatamente gratificante nell'avere un tale controllo del mio corpo. Mi girai e scalciai, la mia mossa caratteristica, e gli colpii il cranio con il piede.

Ruggì e saltò, mancandomi appena con quei denti. Grondante di veleno. Il calore della sua bocca mi scaldò la gamba e io urlai ancora, saltai, calciai.

Amber e Kianna vennero in aiuto, grazie a Madre Terra, perché questa cosa era più potente di quanto mi aspettassi.

Amber afferrò una pietra e la scagliò, colpendo il fianco dell'animale. Il tonfo leggero e il grugnito furono come musica, ma intaccarono a malapena l'energia della creatura. Con rinnovato vigore ringhiò di nuovo e si accovacciò.

Kianna si inclinò leggermente all'indietro e si preparò a saltare.

«Kianna. Appoggiati in avanti, in punta dei piedi. Aspetta che si muova e poi salta.»

Lei non rispose perché non c'era tempo, ma seguì le istruzioni e finì per sferrare un calcio potente.

Io entrai e attaccai dall'altra parte, e con noi due, implacabili, l'animale finalmente cadde. Crollato in un mucchietto, abbandonato, ora era molto più piccolo.

Mi piegai in due, con le mani sulle ginocchia, con l'adrenalina che mi saliva alla testa. Lanciai un'occhiata alla mia gamba per verificare che non mi avesse effettivamente sfiorata con quei denti, controllando la mia pelle più e più volte, giusto per essere sicura. Non riuscivo a sentire alcun dolore, ma stelle, non si sente mai se non dopo. «Stai bene?» chiesi a Kianna.

«Bene. Sto bene.» Kianna respirava affannosamente. «Non mi ha graffiata. Tu?»

«Sto bene.» Le parole uscirono in automatico. Mi alzai in piedi e scrutai la zona. «È arrivata veloce e silenziosa, da quella direzione.» Indicai. «Qualcuno deve andare in ricognizione e vedere cosa l'ha tirata fuori. In caso.»

Tornammo alla cupola e lanciai un'occhiata alle mie colleghe. Erano entrambe un po' pallide e gli occhi di Amber erano vitrei. Per un secondo provai simpatia. Erano dure, certo, ma non erano come me. Non sapevano uccidere e poi tornare subito alla loro vita.

In effetti, stavano andando fuori di testa. Amber ansimava, aspirava lentamente l'aria e, se non si fosse fermata, sarebbe andata in iperventilazione e svenuta.

«Respira profondamente» dissi ad Amber. «Inspira ed espira contando fino a tre.» Le feci vedere, poi le mostrai come stringere il petto e premere verso il basso, una manovra che premeva sui nervi che controllavano il cuore, in modo che potesse calmare il battito accelerato.

«Non riesco. Non riesco a farlo.» Aveva uno sguardo selvaggio.

«Puoi.» Le presi entrambe le mani, poi le premetti la mano sul petto, sotto il seno. «Quando spingo, spingi verso il basso, spingi verso il basso come se stessi cercando di spremere fuori tutto quello che hai dentro. Fermati e respira di nuovo solo quando tolgo la mano.

Lei annuì e ci provò, e dopo qualche minuto, quando le toccai il polso, il battito era tornato di nuovo normale.

«Grazie.» La sua voce era un po' rauca. «Non mi aspettavo di spaventarmi così tanto.»

«Succede. È una reazione fisica. Non è colpa tua. Non hai

fatto niente di male.» Le toccai la mano. «A volte il panico arriva più tardi, dopo che lo shock iniziale si è esaurito.»

«Come facevi a sapere cosa fare?» La sua voce era bassa.

Alzai le spalle. «È quello che ho fatto per tutta la vita. Ho imparato a combattere e a salvare. Immagino che sia stato solo istinto a questo punto.»

«Beh, ci hai salvato la vita.» Amber deglutì. «Grazie.»

«Non è niente.»

«Non è niente.» Alzò la voce. «È questo che pensi di noi? Non siamo niente per te?»

«No!» Feci un passo indietro. «Volevo solo dire.» Sbattei le palpebre. Quando la mia voce uscì di nuovo, era un sussurro, e fui inorridita da quanto sembrassi vicino alle lacrime. «Volevo solo dire che probabilmente non è niente in confronto a quello che devo fare per adattarmi qui. Non mi adatterò mai.»

Mi asciugai bruscamente gli occhi, anche se erano asciutti, e incrociai le braccia. Se le mie emozioni fossero state finte, sarebbe stata una buona battuta.

Il problema era che quello che avevo detto era assolutamente vero. E anche se la mia mente era sempre rivolta a Jesel e all'idea di tornarci, stavo iniziando davvero ad amare questo posto, Zandia. Il posto, i miei compagni, le persone: era davvero sorprendente. Potevo immaginarmi a vivere qui per sempre.

Ma non potevo. Jesel giaceva in me come una pietra dura nel mio petto ogni volta che mi muovevo. Un nodo in gola ogni volta che deglutivo. Mi si scheggiava sotto le unghie ogni volta che toccavo qualcosa qui, ricordandomi i miei obblighi. Le mie promesse. Che i miei amici erano lì, ad aspettarmi. Avevano bisogno del mio aiuto.

Come potevo semplicemente dimenticarli e far finta che non esistessero? Non potevo essere felice qui, non finché non avessi risolto quella sensazione. E non potevo risolverla. Quello che dovevo fare era tornare a Jesel.

Ma per ora misi da parte tutto questo e mi concentrai sul presente. «Non intendevo quello che sembrava.»

«Mirelle. Naturalmente ti adatterai qui. Lo hai già fatto.» Amber distolse lo sguardo, un po' colpevole, forse pensando a come mi avevano trattato lei e Kianna. «Ah, voglio dire, se vuoi, lo farai. Se lo vuoi davvero.»

Annuii. Poi restammo tutte in silenzio e distogliemmo lo sguardo l'una dall'altra.

C'erano il mio attrezzo e la mia unità di comunicazione. Feci un respiro profondo e li ripresi. «Torneremo al lavoro, immagino.»

Kianna annuì. Poi si mise accanto a me. «Ecco, fai così.» La sua voce era bassa. Se ne stava più vicina a me del solito, con la sua spalla che sfiorava la mia. Sentii l'odore dei suoi capelli, del sudore e un aroma di erba. Di solito si teneva lontana, come se fossi fatta di spazzatura.

Mi fece vedere. «Vedi? Se lo inclini in questo modo e lo giri, salta fuori. È una tecnica che devi sviluppare.»

«Capito.» Osservai attentamente.

«E andrai più veloce se apri da questa angolazione.» Capovolse il dispositivo. «Ti stavo osservando. In realtà impari velocemente.»

«Mi sembrava di essere lenta in modo ridicolo.»

«Questa non è roba facile.» Posò lo strumento. «Come hai imparato a combattere in quel modo?»

«L'ho fatto per tutta la vita.» La guardai. «È nel mio sangue.»

«Puoi... puoi insegnarmelo?» disse con voce esitante. «Ero così impreparata. Prima.» Sbatté le palpebre. «Non mi piace essere così.» Si spense in un sussurro, con le mani che tremavano. «Non mi sentivo così da quando sono arrivata qui.»

«Posso provare.»

«Grazie.» Respirò, agitò le mani. Digitò qualcosa in un comunicatore e me lo passò. «Usa questo. L'ho aggiornato con istruzioni migliori.» Si sedette e mi guardò. «Sono stata a lungo una schiava adibita alle pulizie e i servizi, ma da bambina ricordo di essere stata libera. Non so nemmeno che pianeta fosse. O addirittura se fosse reale, o solo un sogno. Ma c'era un campo così, e l'erba si muoveva nel vento.»

Guardò di nuovo in lontananza. «E qualcuno mi ha tenuto la mano.»

«Chi?» Tenni la voce bassa.

«Non lo so.» Si schiarì la gola. «Ma se spingo troppo, ho la sensazione di forzare le idee nella memoria, quindi devo lasciarle andare. Non so se vedrò mai chi era.»

«È un bel ricordo, però?»

Annuì. «Il migliore.» Poi mi guardò. «E qui su Zandia, mi sento come in quel momento, Mirelle. Sicura. Contenta. Come se le cose andassero bene.»

Annuii. «Anch'io voglio sentirmi così.»

«Tranne per quella *vipn*.» Tremò. «Poi ho sentito...» Scosse la testa. «Ci hai aiutate subito. Anche se voleva dire rischiare di rimanere ferita.»

«È quello che ho fatto per tutta la vita.» Alzai le spalle. «Aiuto altri esseri umani. Penso sia radicato ben oltre il mio sangue. Credo che sia in ogni parte di me. Parte della mia identità.»

«Sai, essere qui non significa che smetterai di farlo.» Il suo sguardo si fece più dolce.

Inclinai la testa.

Sorrise. «Facciamo un patto. Tu mi insegni a combattere

come hai fatto, e io ti aiuterò a velocizzarti con la tecnologia.»

«Affare fatto.» Le sorrisi.

Forse mi ero appena fatta la prima amica di tutta la mia vita.

CAPITOLO DODICI

L*anz*

«Ha un bell'aspetto.» Fischiai.

«Sì.» Domm annuì in segno di approvazione. «Sarà sorpresa.»

«È un eufemismo.» Guardai la sua navicella. Quando era arrivata, era poco più di un pezzo di rottame contorto, l'enorme buco sul lato era solo uno dei molteplici danni fatali.

Negli ultimi mesi l'avevamo ricostruita. Avevamo risolto il buco, rinforzato lo scafo. Avevamo aggiunto navigazione e guida avanzate. Niente occultamento o armi, ovviamente, ma almeno questo affare poteva volare di nuovo, e meglio di prima.

«Penso ancora che ci farebbero il culo se Seke sapesse che lo stiamo facendo.» Domm sorrise.

«Ingegneria inversa.» Risi.

«Non è falso, in realtà.» Domm fece scorrere una mano sul lato della navicella. «Il modo in cui ha impostato i suoi controlli è perfetto per la visione periferica umana, e Derk ha già aggiornato la configurazione per quando gli umani vanno in missione.»

«Per non parlare del modo in cui ha impostato i controlli manuali.» Feci un passo indietro per ammirare la piccola navicella. «Non che ci arriveremo mai, ma ha una configurazione manuale migliore di quella che avevamo. Per le emergenze potremmo aggiornare il protocollo.»

«Non vedo l'ora di portarla a fare un volo supervisionato.»

«Sarà felice.» Toccai un graffio sullo scafo. «Dovremmo sistemarlo.»

«Penso che si senta... in gabbia.»

«Senza dubbio» concordai. Il disagio che si insinuava sempre quando pensavo a Mirelle affiorò. Nonostante i nostri sforzi per domare la piccola guerriera, nonostante il suo crescente calore e la sua disinvoltura con noi, non era felice qui.

Non ancora.

～

MIRELLE

ERO DIVISA IN DUE.

C'era la Mirelle che viveva qui e considerava Zandia come la sua casa. Che era grata al destino per essere atterrata qui, in un posto dove poteva prosperare, rilassarsi, amare e costruire un futuro intricato e adorabile.

E poi c'era la Mirelle che faceva solo finta, che raccoglieva dati e informazioni per poter scappare. Mantenere la promessa fatta alla sua specie e a sé stessa e dedicarsi ai suoi valori fondamentali.

Le stavo portando entrambe avanti, queste due Mirelle drammaticamente diverse, rendendo ognuna forte e potente.

Ad un certo punto avrei dovuto sceglierne una e lasciare andare l'altra, perché nella mia pelle non ci sarebbe stato spazio per entrambe. E avevo il terrore, perché entrambe facevano parte della mia anima.

Ma in questo momento non avevo bisogno di fare quella scelta. C'era ancora tempo.

E stasera ero felice con la Mirelle che quasi amava i suoi compagni e voleva godersi il tempo con loro.

MIRELLE

«Prova questo. Guarda.» Spinsi l'unità di comunicazione che avevo riparato verso Kianna, con un gran sorriso sul viso. Mi pavoneggiai un po' mentre alzava le sopracciglia.

«Mirelle. Sul serio?» si alzò di botto. «Amber. Guarda.» Afferrò la sua amica per il braccio. «Madre Terra, ce l'ha fatta. Ce l'hai fatta.»

«Una volta che mi hai insegnato a rifare i circuiti, il passo logico successivo è stato quello di regolare i tappi.»

«È geniale.» Abbassò la voce. «A Mykl prenderà un colpo.»

«Potrebbe perfino sorridere per una volta.» Ambra sorrise.

Kianna scoppiò a ridere. «Oh, stelle, quella sarebbe una vera rotazione del pianeta, non è vero?» Lanciò un'occhiata oltre la cupola e arrossì, un po'. «Ci vorrebbe più di una svolta tecnologica per farlo reagire.»

«Pensavo di essere l'unica che odiava.» Seguii il suo

sguardo. In qualche modo, sapere che era freddo anche con gli altri umani... mi fece sentire connessa a loro. Meno sola.

«Oh, non ci odia.» Mi corresse. «È semplicemente uno zandiano della vecchia scuola. Non mostra alcuna emozione. Sviluppano un po' di più il loro lato sensibile una volta che si legano agli umani. Finora l'ha evitato a tutti i costi.» Si mordicchiò il labbro.

«Hmm.»

«Che cosa significa?» Incrociò le braccia, ma la vidi lanciare una piccola occhiata oltre la cupola.

«Significa che qualcuna qui vuole un compagno» dissi canticchiando.

«Shh! Ferma! Lui può sentire, non lo so...per chilometri.»

«Potrebbe essere un bene per lui.»

«Ciò che è bene per lui è questo.» Toccò il mio comunicatore. «Non posso credere che tu lo abbia fatto. È sorprendente.»

«Imparo velocemente. Sapevo che ce l'avrei fatta una volta iniziato.»

«Ma non hai mai avuto questo tipo di tecnologia su Jesel?»

Scossi la testa. «No. Vorrei averla avuta. Avrei potuto...» sospirai. Toccai la manetta attorno al mio polso.

«Fa male?» allungò un dito. Quando annuii dandole il permesso, lo fece scorrere lungo il metallo.

«No. Non fisicamente.»

«I tuoi compagni te lo lasciano mai togliere?»

«A casa, a volte. Di notte.» Arrossii. A volte aggiungevano altre manette e mi ancoravano a terra, braccia e gambe, e mi davano piacere per ore. Fino a quando non eravamo tutti esausti di passione e felicità. Mi avevano reso dipendente da loro. Rendeva più facile stare lontana da casa mia.

Mykl fece un cenno dall'altra parte della stanza.

«Oh, il nuovo progetto!» La voce di Amber era impaziente. «Andiamo.»

Ma quando mi alzai per unirmi a loro, lei scosse la testa.

«No, non puoi.» Mi toccò il braccio, dolcemente. «Mi dispiace. È…. classificato…fuori dal raggio d'azione della tua manetta. È qualcosa che riguarda i nuovi sistemi di caccia.»

«Oh.» Annuii. «Certo, capisco. Continuerò a fare... questo.»

Mi si strinse il petto mentre le guardavo dall'altra parte della stanza, con la testa china. Anche le mie dita non vedevano l'ora di lavorare sulla tecnologia più recente. E a buon diritto, se si fosse trattato di pura abilità, avrebbero dovuto scegliere me! Questa non era la prima cosa che avevo risolto. Le vanterie con le mie compagne non erano sbagliate In realtà avevo corretto alcuni errori e apportato miglioramenti. Ma ancora non si fidavano di me per le cose più delicate. Mykl, potevo dirlo, a malapena mi voleva intorno anche adesso che stavo apportando enormi miglioramenti al loro flusso di lavoro e ai loro sistemi. Non si fidava di me.

Non potevo biasimarlo perché la verità era che stavo ancora cercando opportunità. Per fare cosa, non lo sapevo. Ma ero inquieta, e *non* mi ero ambientata qui, e il mio sangue ardeva per prendere, per afferrare e poi per scappare di nuovo a Jesel, al mio lavoro. Non era ancora possibile, ma ogni nuova libertà che guadagnavo qui mi ci avvicinava molto di più.

irelle

«Tu. Seguimi.» Mykl mi indicò ed emise un grugnito.

Accanto a me, Kianna sbuffò e io cercai di non ridere.

«Dove stiamo andando?» Posai gli attrezzi e mi asciugai le mani sulla tunica.

«A parlare con il maestro Seke.»

«Che cosa?» Mi si capovolse lo stomaco. Le umane accanto a me si zittirono. Nessuno parlava con lui a meno che non ci fosse un grosso problema. Era il maestro d'armi del re, il comandante supremo delle forze militari.

«Perché?»

«Lo scoprirai. Non fare domande non necessarie.»

Diede un'occhiata a Kianna e si schiarì la gola. «Tu. Assicurati che il progetto rimanga in pista.»

«Ovviamente.» Sorrise dolcemente. «Qualsiasi cosa per te. E intendo qualsiasi cosa.»

Lui sembrò assumere una tonalità di viola leggermente più profonda, ma riuscivo a concentrarmi solo sul motivo per cui mi avevano convocata.

Quando uscimmo dalla cupola, fui sorpresa e un po' terrorizzata nel vedere i miei due compagni e il maestro Seke in piedi davanti a una navicella.

«Mirelle.» Seke annuì verso di me.

«Maestro Seke.» Non ero sicura di cosa prevedesse il protocollo, quindi mi inchinai.

«Ho saputo che hai insegnato a Kianna a combattere.»

Guardai i miei compagni per farmi guidare, ma loro si limitarono a ricambiare il mio sguardo, impassibili.

«Sì. Non ero a conoscenza del fatto che fosse proibito ...»

«Non lo è. Ci piacerebbe che lo insegnassi a un gruppo più ampio di umani.»

«Oh. Oh!» Il sollievo mi fece venire le vertigini. Lanz e Domm ora avevano sorrisi ampi sui loro volti.

«Kianna ci ha mostrato le sue nuove abilità. Ci piacerebbe che tu addestrassi alcuni dei nostri umani. E, ah ...» fece una pausa di un istante «anche alcuni dei nostri maschi zandiani. I giovani maschi potrebbero beneficiare delle tue capacità con le arti marziali, oltre alle tecniche standard offerte dalla formazione zandiana.»

«Sul serio?» Feci un passo avanti. «Mi accetteranno come insegnante?»

«Eseguono gli ordini, come farai anche tu.» La sua voce era ferma. «Lavorerai con un altro zandiano per sviluppare l'addestramento.»

«Ovviamente.» Guardai di nuovo Lanz e Domm, incapace di evitare che un sorriso stordito mi si diffondesse sul viso. «Ne sarei onorata.»

«Continuerai comunque a lavorare qui nella cupola tecnologica e a tenere lezioni tre volte a settimana. I tuoi compagni ti mostreranno la posizione e forniranno tutto il necessario.»

«Sì signore.»

MIRELLE

LE ROTAZIONI del pianeta passavano nel piacere e nell'agonia. Ero euforica quando facevo progressi nel corso di formazione. Vedere le mie reclute imparare i calci e i pugni che insegnavo loro mi rendeva orgogliosa e non potevo fare a meno di festeggiare ogni volta che creavo qualcosa di nuovo nella cupola tecnologica.

Mykl mi lodava così spesso ormai che era quasi imbarazzante.

Avevo delle amiche. Amber e Kianna. Ridevamo insieme.

E i miei compagni.

Ma poi c'era il mio segreto oscuro e tossico, velenoso come il siero delle *vipn*. Il mio scanner segreto. Il modo in cui non smettevo mai di pensare a come sarei potuta andare via da qui e tornare a Jesel. Il modo in cui la rabbia a volte saliva dentro di me, così luminosa e potente che ero convinta che avrei potuto uccidere un essere con la forza del mio sguardo, se solo avessi sfruttato quell'impeto. Il modo in cui desideravo essere libera, e il modo in cui singhiozzavo quando ero sola, urlavo, sbattevo i polsi contro il muro, desiderando essere libera da queste maledette manette. Quelle che ricordavano a me e a tutti gli altri che ero ancora un pericolo. Che non appartenevo a questo posto, non proprio, anche se ero bloccata qui per sempre.

Il fatto era che mi sarebbe piaciuto tantissimo restare bloccata qui, non lo avrei neanche considerato essere bloccata, se solo avessero potuto lasciarmi tornare indietro una volta. Solo una volta.

Ma non lo avrebbero fatto. Ogni volta che ne parlavo, si sentivano più frustrati. Quindi non ne parlavo mai.

E questo rendeva il bisogno sempre più forte e contorto, finché non arrivai a pensare che il mio petto fosse pieno di un tumore di rabbia che sarebbe esploso dalla mia pelle, nero e orribile, uccidendo me e tutti quelli nelle vicinanze.

∼

MIRELLE

«ALCUNI ESSERI POSSONO COMUNICARE SENZA PARLARE.» Presi la mano di Lanz e seguii le sue dita forti.

«Anche qui.» Lui annuì. «Sapevi che Danica e sua figlia Marea possono farlo?»

Potevano? Mi accigliai. «Ma è umana.»

«La sua storia è unica. Ha portato con sé e ha dato alla luce un'akroniana, che ha cambiato il suo stesso DNA. E poi i suoi compagni zandiani hanno cambiato ulteriormente le cose.

«Sono un po' gelosa.»

«Non credo che direbbe che il suo passato è qualcosa da desiderare.»

«Non quella parte. Ma la parte comunicativa. Pensa quanto potrebbe rivelarsi utile in battaglia. O semplicemente, ovunque.»

Lui annuì. «Ma penso di poter leggere il tuo corpo a volte.» Ridacchiò. «Come quando stai per venire. Fai un verso e tendi il corpo.»

«So anche io quando stai per venire.» Gli leccai il collo.

«Possiamo insegnarti i segnali dei guerrieri zandiani.»

«Cosa sono?»

Mi prese la mano. «Fai attenzione.» Mi toccò il palmo. Un tocco breve, staccato, e due più lunghi che indugiarono di più sulla pelle. «Veloce, lento, lento. Questo significa: Attenzione, davanti a te.»

«Va bene.» Lo feci io a lui. «Insegnamene un altro.»

«Oh, ne ho io uno per lei.» Mi prese il palmo e lo picchiettò. Veloce, lento, lento, lento, veloce, veloce, veloce, veloce.

«Cos'è?»

«Significa che voglio *scoparti.*»

«Oh, lo usi spesso in battaglia?» Strinsi gli occhi.

Domm mi fece un sorriso malizioso. «In realtà è solo una sorta di linguaggio dei segni, un modo diverso di cifrare senza lettere. Puoi lampeggiare con le luci per comunicare. Oppure toccare, come stiamo facendo noi.»

«Potrebbe tornare utile in una situazione di prigionia.»

«Infatti.» Si girò e mi intrappolò sotto di lui. «Come questa.»

Poi si chinò e ripeté il messaggio che voleva scoparmi con la lingua sul collo.

«Come faccio a rispondere sì?»

«Puoi semplicemente allargare le cosce.» Sorrise. «È semplice.»

«Animale. Sai cosa voglio dire.»

Mi lasciò andare un polso per darmi una pacca sulla coscia. «È questo il modo di parlare al tuo padrone?»

«Se mi sta dando problemi.» Allargai le cosce. «Decisamente.»

Inspirò e infilò il cazzo tra le mie gambe divaricate. «Se lo vuoi» – spinse leggermente, facendomi gemere – «è meglio che ti comporti bene.»

«Insegnami a come dire *scoparti* e ti stringerò il cazzo così forte che ti salteranno via le antenne.»

Esplose una risata. «Oh piccola *vipn,* ti sculaccerò per questo.»

«No, a meno che tu non mi insegni prima il segno.» Gli morsi l'antenna quando chinò la testa.

Più tardi però, dopo esserci rilassati, tornai al codice. «Voglio imparare tutte le parole. Insegnamelo.»

Lanz sbatté le palpebre. «Richiede tempo.»

«Che abbiamo. In abbondanza.»

«Va bene, ogni sera te ne insegneremo una. In cambio, ci succhierai i cazzi.»

«Sai che ti succhierò il cazzo comunque. Quindi sii gentile.»

Rise. «Eccone uno che potresti usare.» Me lo segnò sulla gamba.

«Che cosa significa?»

Era più complicato e mi ci vollero alcuni tentativi per ricordarlo. «È un codice di attacco?»

Lui sorrise. «*Vipn* nei paraggi, fare attenzione.»

«Oh.» Mi morsi il labbro. «Capito.»

«Ma potrebbe trattarsi anche di un codice di attacco, se lo pianifichi in questo modo. Tutto può significare qualsiasi cosa, purché tu sia d'accordo sul significato.»

Annuii. «Suppongo che tu abbia ragione.»

«Quindi questo» - ne batté uno lunghissimo che non riuscii a cogliere - «che significa "quando mi vedi muovere la mano destra, attacca", potrebbe davvero significare che mi piaci.»

«Meno male che me lo hai detto. Altrimenti avrei dovuto guardarmi le spalle.»

«Finché saremo qui, ci penseremo noi a guardarti le spalle.» Mi attirò a sé. «Intendevo quello.»

E poiché in questo momento ero la versione felice di Mirelle, quella che aveva intenzione di restare qui per sempre, mi vennero le lacrime agli occhi. «Lo farò anche io per te.» Gli strinsi la mano. «Per entrambi.»

MIRELLE

«NAVICELLA 7Yv23, autorizzata ad atterrare sulla corsia X-3. Procedere.»

«*Vaffanculo.*» Aggrottai la fronte e passai la mano sullo scanner segreto. Ultimamente era diventato per lo più statico e avevo solo pochi attimi qua e là per ascoltare. Naturalmente, quando avevo tempo, ascoltavo spazzatura, per lo più chiacchiere di torri aeree provenienti da pianeti locali, distanti solo poche centinaia di anni luce.

Cambiai canale e all'improvviso mi fermai. «…evitate la cintura di Midrian…ocreziani…pianificano l'attacco…»

Trattenni il respiro e poi toccai la funzione di miglioramento, sperando di renderlo più chiaro.

«Cambiare percorso... rotta verso l'esterno... il...»

«Andiamo» mormorai. «La cosa più interessante che sento da settimane. Non deludermi adesso.»

Non sapevo perché i piloti di questo velivolo parlassero su un canale aperto, ma lo avrei usato.

Toccai il pulsante e poi le voci ritornarono. «Si dice che siano... vicino a Jesel...»

Mi raddrizzai sulla sedia, con il cuore che batteva forte. «Che cosa?» chiesi, come se potesse sentirmi. Cosa che non potevano fare. Questo era un dispositivo di ascolto unidirezionale, che rilevava segnali vaganti che non erano occultati o nascosti. Messaggi da tutta la galassia.

«…incursioni…» arrivò, e poi il segnale si dissolse in

rumore statico. Nessun salto di canale mi portò a nulla, quindi spensi il dispositivo e lo nascosi sul retro del mio armadio, sotto i vestiti. I miei compagni non avevano mai controllato le mie cose, per quanto ne sapevo. Perché adesso si fidavano di me.

Questo mi faceva sentire male, ma non era così terribile come la sensazione di essere impotente e intrappolata qui, così lontana da casa.

Dovevo andare a Jesel.

CAPITOLO QUATTORDICI

Nonostante i nostri migliori sforzi per farla divertire, Mirelle ultimamente era giù di morale, priva di energia. La guardai alla finestra e aggrottai la fronte vedendo l'espressione del suo viso. Discutevo di più con Domm, perché nessuno dei due sapeva cosa fare. In questo momento eravamo in una tregua, il che era positivo. Non sopportavo di discutere con il mio migliore amico, mio fratello.

«Perché non può semplicemente rallegrarsi?» Mi accigliai. «Facciamo così tanto per lei.»

«Hai mai visto il Grande Serraglio su Liberty-3?» La voce di Domm era bassa.

Scossi la testa. «Ne ho sentito parlare. Perché? Che c'entra?»

«Vi sono in mostra tutte le creature più pazze ed esotiche della galassia. C'era una cosa chiamata tigre, grande appena quanto una *vipn,* ma altrettanto feroce. A righe arancioni e nere. Potrebbe uccidere un essere con un colpo della sua zampa.»

«L'ho vista sugli ologrammi. Mai dal vivo.» Alzai le sopracciglia.

Guardò dritto davanti a sé. «Una cosa chiamata Mer'ax. Galleggiava nell'aria, cambiando colori, ronzando. Più simile a un campo energetico che a un essere.»

Grugnii. «Dove vuoi arrivare?»

«Se guardi gli ologrammi di queste creature nel loro habitat, vedi quanto sono maestose. Nel serraglio? Guardi i loro musi e vedi il velo della morte.»

Un senso di disagio mi si agitò nello stomaco.

Indicò Mirelle. «È come se non contenessero più la scintilla che li rendeva unici.»

La guardammo osservare fuori dalla finestra, il suo corpo accasciato in avanti.

Si schiarì la gola. «Abbiamo pensato che sarebbe stato divertente. Invece mi sento più criminale di lei.»

Mirelle era immobile come una pietra. Il suo petto si muoveva a malapena durante le inspirazioni. Per un secondo, desiderai toccarla, assicurarmi che non fosse paralizzata.

«Le piace trascorrere parte del suo tempo con noi.» Pensai al modo in cui l'avevamo fatta gridare di piacere, ancora e ancora.

«Non è abbastanza?» Alzò un sopracciglio.

«Hai ragione.» Sospirai. «Ma cosa facciamo?» Non mi piaceva il tono di incertezza nella mia voce.

«Beh, dobbiamo darle più libertà.»

«Forse possiamo portarla fuori a far volare il suo velivolo.»

Ci guardammo per un secondo. Nessuno di noi aveva chiarito la cosa con i nostri superiori.

«Veramente? Tu, il massimo seguace delle regole, stai suggerendo questo?»

Si acciglió. «Penso...»

Alzai la mano per prevenire un'altra discussione. «*Kazo*, facciamolo.»

«Possiamo tenerla d'occhio per tutto il tempo. Assicurarci che non... provi a fare nulla.»

«Non lo farebbe. Non a noi. Non adesso.» Ero sicuro quasi al cento per cento che fosse vero.

DOMM

«APRI GLI OCCHI.»

Tolsi la benda, slacciandole il tessuto da dietro la testa.

Restò in silenzio per un secondo, poi tutto il suo corpo reagì.

«La mia navicella!» urlò, un grido che mi risuonò nelle ossa e oltre. «Oh, dolce Madre Terra. L'avete riparata? È di nuovo tutta intera. È qui. Come avete fatto?»

Si girò a guardarci, poi tornò al velivolo e fece scorrere la mano sullo scafo. «Cos'è questo? L'avete rinforzata? Ma questa è la nuovissima seta di ragno in titanio. Più forte dell'acciaio. Oh, stelle.»

Saltò su e giù, letteralmente. «E un nuovo transponder? Deve essere durata un'eternità.»

Le tremava la voce mentre alzava la mano. «La porta. Mi farà ancora...»

Mi avvicinai, le toccai la manetta e inserii una sequenza di cifre. «Un codice temporaneo che ti consente l'accesso.»

Questo la lasciò di sasso per un secondo, poi alzò la mano e si precipitò giù per i gradini, e la sentimmo esclamare davanti ai pannelli di volo aggiornati.

«C'è un occultamento di livello 1, quindi il velivolo può

evitare almeno i pirati peggiori», affermò Lanz. «Niente armi, ma abbiamo inserito un motore potenziato. E risolto i problemi del giroscopio.»

«È incredibile.» Fece scorrere entrambe le mani sui pannelli, dolcemente, chiuse gli occhi. «Avete fatto tutto questo per me?» Poi si smontò. «Ma io... quando avrò il permesso di farla volare?» Sbatté le palpebre alcune volte.

«Beh» inspirai. «Questo non è chiaro. Ma...» alzai una mano e incurvai un sopracciglio. «In questo momento, potresti portarla a fare un breve giro di prova nella nostra atmosfera, con me e Domm.»

Si sedette immediatamente al pannello. «Prendete posto, guerrieri» annunciò.» Poi si girò a guardarmi. «È stata registrata alla torre aerea di qui?»

«Ufficialmente la piloterò io.» Lanz le toccò la spalla. «Ma una volta che saremo decollati, ti lasceremo prendere il comando.»

Alzò gli occhi al cielo. «Come una bambina che impara a giocare.»

«Vuoi questa possibilità o no?»

«Sì.» Annuì. «La voglio.»

Si alzò e si spostò sul sedile secondario, anche se a giudicare dal suo linguaggio del corpo non era a suo agio.

Lanz si sedette al posto di controllo e comunicò con il nostro sistema di lancio aereo. Ottenne il permesso di entrare nel nostro spazio aereo.

Mirelle era un po' imbronciata, ma comunque, una volta che fummo sopra le nuvole, non riuscì a contenere la sua esuberanza. Quando Lanz si alzò e indicò il sedile, ci salì immediatamente e iniziò ad armeggiare sul pannello di controllo, le sue dita danzavano sui pulsanti e sugli schermi.

«Testo l'occultamento.» Toccò il tasto. «Vado alla massima velocità.»

Guidò il velivolo verso una serie di movimenti e tuffi che mi fecero fischiare in segno di apprezzamento. «Stelle, Mirelle, come hai imparato a farlo?»

«Necessità.» Fece una virata così stretta che quasi mi convinsi che fosse una maga. «Quando non hai armi, impari a schivare.»

Vederla mentre lo faceva fu incredibile. Era come se fosse un essere nuovo, uno che non avevo mai visto prima. Sembrava uscita da un sogno, per la sicurezza e la grazia con cui si muoveva. Gli occhi le brillavano di luce e seppi che si trattava gioia, perché nel caso in cui non avessimo colto appieno il suo stato d'animo, gridò: «Sono così felice!»

MIRELLE

FINALMENTE – *finalmente* – era come se le due Mirelle si fossero unite. Ero con i miei compagni e volavo con la mia navicella. Per tutto questo tempo avevo sospettato che mi capissero, ma si erano rifiutati di togliermi le manette, di discutere del mio ritorno alla mia vecchia vita. A volte avevo temuto di essermi inventata tutto. Di avere scelto di credere che mi capissero per rendere questa vita più facile.

Ma no. A loro importava. Loro mi conoscevano. *Mi vedevano.*

Il fatto che avessero riparato la mia navicella *significava tutto per me*. Il senso di gratitudine mi attraversava a ondate, l'affetto per i miei compagni era così intenso che ero a un passo dall'orgasmo. Ritornai praticamente danzando nel nostro domicilio, voltandomi all'indietro per entrare con le mani nella tunica di Lanz, trascinandolo attraverso la porta.

I miei compagni ridevano, sapendo che stavo per mostrare la mia gratitudine in tutti i modi che mi avevano insegnato.

E molti altri ancora.

Mi inginocchiai al centro del soggiorno e morsi l'erezione di Lanz attraverso i pantaloni da volo. Ringhiò e mi afferrò i capelli, provocandomi fitte di dolore sul cuoio capelluto. Come sempre, il dolore non fece altro che aumentare la mia eccitazione. I miei compagni me lo avevano insegnato bene. Era difficile credere che potesse piacere a tutte le donne, ma a me si adattava perfettamente.

Il mio corpo era il mio strumento di combattimento. Mi piaceva portarlo al limite a letto tanto quanto in una battaglia.

Liberai il cazzo di Lanz dai pantaloni mentre Domm si piazzò dietro di me. Si sfilò la cintura che teneva la spada e me la lanciò sul sedere un paio di volte mentre leccavo la cappella del grosso membro viola di Lanz. Fuoriuscì una perla di precum color arcobaleno, dolce come bacche di limone.

Lanz mi spinse la bocca giù lungo la sua lunghezza nello stesso momento in cui Domm si inginocchiava dietro di me e mi strappò le mutandine.

Gemetti attorno alla lunghezza di Lanz e lui strinse la presa sui miei capelli, spingendosi dentro e fuori con brevi spinte, usandomi come un giocattolo.

La figa si contrasse, l'eccitazione derivante dalla sua soddisfazione mi fece gocciolare l'umidità tra le cosce.

Domm mi strofinò un grosso dito sulle pieghe, accendendo le scintille del desiderio in un falò. Inarcai la schiena per offrirgli la figa. Mi afferrò i fianchi e allineò la cappella del suo grosso membro al mio ingresso. Gemetti ancora, cosa che probabilmente aumentò il piacere di Lanz, perché mi infilò il cazzo in gola.

Avevo i conati di vomito, le lacrime agli occhi, ma lui si tirò indietro e mi accarezzò amorevolmente la guancia, lasciandomi sfiorare con le labbra la cappella un paio di volte prima di immergersi di nuovo in profondità.

Domm mi diede uno schiaffo sul sedere due volte prima di scivolare dentro di me, allargandomi con il grosso membro. Afferrai i fianchi di Lanz per trovare stabilità mentre Domm si spingeva dentro di me, in profondità.

Il piacere mi turbinò dentro: fisico ed emotivo. Ero riempita da entrambi i maschi, davano e ricevevano, confidando che si prendessero cura di me, anche se dominavano il mio corpo.

Domm accelerò il ritmo e non riuscii a concentrarmi su un ritmo per Lanz, quindi mi tenne le orecchie e mi si infilò in bocca. Scavai le guance, succhiai forte mentre Domm mi sbatteva da dietro.

«Sto per venire» avvertì Lanz.

Gli affondai le unghie nel culo e succhiai più forte finché non mi rilasciò in gola fiotti del suo sperma caldo e iridescente.

Nel momento in cui Lanz uscì, cascai sulle mani e allargai le ginocchia.

«Ecco, piccola guerriera» mi incoraggiò Domm. «Portami in profondità.»

Gemetti, per il bisogno di stringere, pronta a scoppiare.

Lanz si accovacciò e giocherellò con i miei capezzoli, stringendoli e pizzicandoli finché non gridai per il bisogno di venire.

«Vieni, Mirelle» gridò Domm sbattendomi contro una, due volte, tre. Venne lui. Poi io.

Le mie urla si elevarono al di sopra del suo ruggito ed entrambi tremammo e ci stringemmo per il rilascio.

E poi mi ritrovai sospesa, portata sulla piattaforma del sonno da entrambi i maschi, adagiata e accarezzata, coccolata, lodata finché non chiusi gli occhi e scivolai nel sogno di volare.

CAPITOLO QUINDICI

Mirelle

Ero appena uscita dal tubo di lavaggio quando le mie manette iniziarono a lampeggiare in blu. Sorrisi, il mio corpo reagì immediatamente, sapendo che i miei compagni stavano arrivando. Dovevano trovarsi nel raggio di poche miglia e sarebbero passati solo pochi minuti prima che entrassero in casa.

«È stata una buona rotazione del pianeta?» chiese Domm, varcando la porta con Lanz.

Saltai su e mi lanciai tra le braccia di Lanz, avvolgendolo con le braccia e le gambe, facendolo ridere e inciampare.

«Sì!» Ero così ansiosa di raccontargli della mia rotazione del pianeta che le parole mi uscirono a fiumi. «Ho aggiornato le unità di comunicazione e Mykl ha detto che ora sono più efficaci del venti per cento per quanto riguarda il raggio d'azione. E il corso di formazione è fantastico. Gli zandiani adesso mi ascoltano davvero e ho insegnato alla classe il mio calcio twist. Sai...» Gli morsi il collo. «Quello che ho usato con te la prima volta che ci siamo incontrati.»

«Ooh» grugnì, ma mi abbracciò e afferrò il sedere con le

mani. «Mi sei mancata. E comunque sono stato io a permetterti di usarlo.»

«No che non l'hai fatto. Ma per favore.» Mi avvicinai e presi una delle antenne in bocca. «Ti farò ammettere la verità.»

Mi fece scivolare lungo il suo corpo. «Ammetterò tutto quello che vuoi. Ma prima lasciami pulire. Sono pieno di sporcizia.»

«Mi piaci sporco.» Gli morsi il collo.

Ringhiò. «Lo so.» Mi prese in braccio e mi consegnò a Domm. «Occupati di lei, per favore, mentre mi preparo. È chiaramente insaziabile.» Ma il suo sorriso affettuoso e la fame nei suoi occhi mi dissero che era altrettanto pronto per la ricreazione.

Quando scese la notte, andammo tutti e tre sul tetto dell'abitazione, dotato di panca fluttuante, per guardare le stelle.

Mi rannicchiai tra loro due, i nostri corpi si intrecciarono facilmente.

«Vuoi dirci cosa intendevi, la volta in cui abbiamo parlato dei predatori su Jesel?» Lanz mi strinse la mano.

Per qualche ragione, le parole non mi colpirono così profondamente come al solito. «I maschi umani possono essere altrettanto feroci e predatori quanto qualsiasi ocreziano.» Guardai dritto verso il cielo. «Potete immaginare cosa succede se i maschi sessualmente depravati, quelli che non hanno imparato nulla dai loro padroni se non violenza e crudeltà, hanno accesso a una giovane donna.» Feci un respiro profondo. «Sono stata... aggredita. Ha fatto quello che voleva. Non mi è piaciuto.» Mi bruciarono gli occhi. «Dopo questo episodio, sono diventata più forte. Nessuno mi ha mai più fatto del male.»

«Lo ucciderei per te.» Lanz ringhiò e mi strinse la mano così forte da farmi male.

«L'ho ucciso io stessa.»

«Certo che l'hai fatto.» Domm sembrò orgoglioso.

Esitai. «E comunque, quelli che sono pericolosi adesso sono su Jesel. Con delle umane. E mio padre.» Trattenni il fiato. Non avevo mai detto prima a loro, o a chiunque altro, cosa significasse Jesel per me. Immaginavo di avere paura che se avessi aperto loro il mio cuore, e non avessi comunque ottenuto il permesso di tornare lì, la cosa mi avrebbe uccisa.

Entrambi restarono immobili.

Lanz

Suo padre era su Jesel. La sua famiglia. Per tutto questo tempo avevo covato il terrore che lei provasse a tornarci, che se ne andasse e non tornasse mai più, e questa piccola perla che aveva tenuto per sé confermava la mia paura.

Non potevo perdere Mirelle, non potevo. Non dopo avere perso tutti quelli che conoscevo e amavo da bambino.

«Vi ricordate di vostro padre?» chiese, con voce bassa. «O di vostra madre?»

«Ricordo a malapena i miei genitori.» Domm rispose per primo. «Siamo stati entrambi evacuati da piccoli quando Zandia era sotto attacco da parte dei finn. Siamo cresciuti su una capsula nello spazio aereo di Ocrezia, in un piccolo gruppo di zandiani, tutti si prendevano cura dei piccoli della comunità.»

«Probabilmente è per questo che noi due» - alzai la mano dalla sua gamba per indicare me e Domm - «siamo così vicini. Siamo fratelli.» Gli toccai il petto. «La famiglia può anche essere creata.» Lo dissi a voce troppo alta, come se così avessi potuto convincerla. Farle dimenticare della sua vera famiglia e rimanere con noi.

Non era giusto. Era sbagliato. E sapevo di essere uno stronzo egoista per aver voluto tenerla qui, lontana da suo padre. Ma non potevo lasciarla andare. Non potevamo lasciarla andare.

«È così buio di notte. Mi sembra quasi di poter toccare le stelle.» Alzò la mano, le sue piccole dita pallide contro il nero inchiostro del cielo. E poi ritornò la guerriera. «Le ho toccate. Molte di loro.» Si girò verso di me. «Quando mi lascerete volare di nuovo? Oppure portatemici voi a Jesel.»

Il petto mi si riempì di pietre: blocchi che si muovevano e lottavano per mettersi in posizione. Il desiderio di compiacere la mia compagna, di renderla felice, combatteva con il mio bisogno egoistico di trattenerla. Di volerla al sicuro.

Distolsi lo sguardo. «Mirelle, finiamola qui.»

«Quando?» insistette.

Mi irrigidii. «Quando sarà il momento giusto.» Era una risposta di merda, ma non ne avevo una migliore. Diavolo, se avessi saputo come farlo per lei e avessi creduto davvero che sarebbe tornata da noi, lo avrei fatto in un batter d'occhio, al diavolo gli ordini dei miei superiori.

«Ma quando accadrà?» La frustrazione le offuscò la voce. «Tra una settimana? Un ciclo solare? Dieci?» Alzò i polsi, che portavano ancora le manette. «Quando me le toglierete?»

Sussultai.

«Quando dimostrerai di essere una di noi.» Domm le toccò il collo. «Quando ci fideremo di te.»

«E quando lo farete?»

Ci guardammo. Non potevamo ancora farlo. Si prendeva cura di noi, sì. Le piaceva il sesso e le piaceva il suo lavoro, ma la guerriera irrequieta era sempre lì sotto.

Sapevo che la mia visione originale di noi tre in missione

insieme avrebbe funzionato molto meglio di questo patetico tentativo di domarla.

Le rigirai la colpa, da stronzo quale ero. «Puoi guardarmi negli occhi e dirmi che sei al cento per cento coinvolta con Zandia?»

«Puoi chiedermi di esserlo senza permettermi di scoprire cosa sta succedendo a casa mia?» La nostra piccola guerriera alzò le sopracciglia. «La fiducia va in entrambe le direzioni. Lo capite che ho una casa, lontana, e persone a cui tengo? Non sono riuscita nemmeno a scoprire se sono vivi. Non potete chiedermi di tagliare via completamente una parte della mia anima e poi dedicare immediatamente il mio cuore a un altro posto. Non funziona così.»

I massi sul mio petto divennero più pesanti, ma cercai di ragionare con lei. «Prima di tutto, non abbiamo comunicazioni regolari con Jesel. Non hanno una stazione impostata o alcun protocollo. E sai bene quanto sia lontana e quanto sia difficile arrivarci. Non è che possiamo semplicemente arrivarci con una navicella una volta per ogni rotazione del pianeta e chiacchierare.»

«Nemmeno *una* volta per rotazione del pianeta. Che ne dici di una volta sola?» incrociò le braccia e mi fissò. «Dici che ti importa di me. Se è vero, come compagno, perché non puoi aiutarmi? È l'unica cosa che ho chiesto.»

Distolsi lo sguardo. «Ci è vietato interagire in quell'area a causa di problemi di pirateria.»

«Ci sono dei modi per aggirare questo problema.»

«Rimaniamo fedeli al nostro re» ribatté Domm, con voce severa. «Non devi darci lezioni su ciò che è appropriato o meno.»

«Non sto dicendo...» sospirò. «Ascolta. Tu ami questo posto. Immagina se venissi strappato via da tutto ciò, senza sapere cosa è successo a.... lui.» Mi indicò. «Al tuo re. A....

non lo so, forse... a me. Vabbè. Non sono così importante. ma il punto è che saresti interessato.»

«Mirelle. Non puoi tornare lì.» Lo disse a bassa voce. «Adesso sei accoppiata con degli zandiani. È questa casa tua.»

«Non capisco perché non puoi capire.» Diede un pugno all'altra mano. «Mi chiedete incessantemente del mio passato. Ha senso? Dovrei raccontarvi tutte le storie della mia vita per soddisfare la vostra curiosità? Ma poi dovrei dimenticare subito tutto quello che ho detto, o smettere di preoccuparmene?»

«Non è quello.» Mi alzai e camminai. «Vogliamo sapere di te perché sei importante per noi. E il dottor Daneth ci ha detto che se parli del tuo passato, questo ti aiuterà a elaborare ciò che sta accadendo ora.»

«Il dottor Daneth non sa nulla degli umani» sbottò.

Era vero. Come poteva un qualsiasi zandiano capire davvero cosa volesse dire essere qualcos'altro?

Domm si fece avanti, con voce sommessa. «Mirelle. La vita non è perfetta o facile. Implica sacrificio. Costruire o ricostruire un pianeta richiede una dedizione risoluta. Quando hai accettato di stabilirti qui, ti sei impegnata a fare di Zandia la tua priorità numero uno.» Alzò un sopracciglio. «Non è così?»

Lei distolse lo sguardo e la verità fu chiara a tutti: non era mai stata d'accordo. Mai impegnata. Aveva detto solo quello che le avevamo detto di dire per evitare la prigione.

Provai con la verità, l'unica cosa che potevo offrirle. «Mirelle, non vogliamo perderti. Se andassi a Jesel, potresti morire.»

Si sedette e guardò il cielo, dove le stelle brillavano e lampeggiavano.

Kazo.

Mi allungai e le misi la mano sulla coscia.

«Dove vanno gli esseri?» Si lasciò cadere sulla panca fluttuante.

«Cosa intendi?» Domm era confuso quanto me da questo improvviso cambio di argomento.

«Quando noi... loro... muoiono.» Tenne gli occhi puntati su una stella lontana che era più luminosa delle altre. Alfa-8. Era il cuore della costellazione dell'Acria.

Risposi. «Non è una cosa a cui pensano gli zandiani. Ci concentriamo sulla vita, rendendola forte e potente.»

«Ma dovete averci pensato almeno una volta.» Continuò a fissare il cielo notturno. «Cosa insegnate ai piccoli?»

«Noi non... gli insegniamo proprio questa cosa.» Domm sembrava curioso. «Perché me lo chiedi?»

«Quindi quando muori ti trasformi nel nulla?»

«Quando la vita finisce, gli altri zandiani continuano nel futuro.»

«Pensi che andremo da qualche altra parte?» chiese lei.

«Dove altro potrebbe andare un essere?» Le toccai il braccio, desiderando poter entrare in quella bellissima testa e decodificare i suoi pensieri. «Perché me lo chiedi?»

«Alcuni pianeti, alcune specie, hanno delle... divinità.»

Domm annuì. «Pare di sì.»

Si toccò la collana, che non si toglieva mai. Aveva un significato, ma non lo aveva condiviso. Un altro segreto che ci nascondeva. «Gli zandiani?»

«No. Onoriamo il nostro cristallo, che rappresenta il potere della forza e dell'energia vivificante della natura, ma questo è tutto» spiegai.

«Beh, forse dovreste.» Tirò su col naso. «Quando perdi qualcuno di davvero importante, come può scomparire?»

«Chi hai perso, piccola guerriera?» chiesi dolcemente.

Lei scosse la testa.

Inspirai. Era alla ricerca di qualcosa: un significato esistenziale. Non ero mai stato avvezzo alla filosofia, ma volevo darle qualcosa a cui aggrapparsi. «Finché li ricordi, non sono del tutto scomparsi. Il loro messaggio e il loro insegnamento possono continuare a vivere.»

«Non pensi che senza quel ricordo, quella spinta ad aiutare ad andare avanti, la tua vita sarebbe in qualche modo priva di significato?» chiese.

«Suppongo di sì.»

«Perché per poter procedere come specie, come zandiani, è necessario onorare il proprio passato e impegnarsi per portare avanti la propria conoscenza e la propria esistenza. E senza di ciò, non saresti in grado di contribuire pienamente alla tua società.»

«Esattamente» concordò Domm.

«Allora perché mi negate la possibilità di soddisfare quel bisogno dentro di me?» Guardò Domm, la sua espressione era piena di speranza. «Ne ho bisogno anch'io. Ciò di cui ho bisogno, le informazioni e la conoscenza di cui ho bisogno sul mio passato, sono su Jesel. Se volete che io faccia davvero parte di questa società, che le dia tutto il mio cuore, dovete permettermi di riavere anche il mio passato.»

Domm le lasciò la mano e si strofinò il viso. «Non è una cosa che possiamo concedere. È contrario agli ordini che ci sono stati dati, il che significa che è contrario anche agli ordini che hai avuto tu.»

Si alzò all'improvviso, con i pugni serrati. «Giusto.» Con quella parola si girò e rientrò, lasciandoci nello squarcio dello spazio, nell'enorme perdita della sua presenza.

Chiusi gli occhi perché sapevo che avevamo appena *fottuto* tutto.

La nostra piccola guerriera doveva andarsene.

Prima o poi avremmo dovuto permetterglielo.

CAPITOLO SEDICI

omm

«Pensi che abbiamo mandato le cose all'aria con Mirelle ieri sera?» chiesi a Lanz. Ci trovavamo sulla nostra navicella, diretti a Macron-3 per i rifornimenti, un viaggio facile.

«Sì.» Lanz si sporse in avanti per esaminare lo schermo. «Assicuratevi di avere precauzioni extra. I pirati si stanno allontanando dalle solite aree.»

Avevo impostato i controlli appropriati. «*Kazo,* se potessimo, ce la porterei in questa rotazione del pianeta. Ma non è sicuro.»

«Per non parlare del fatto che non è neanche lontanamente in cima alla lista delle priorità che ci ha dato il maestro Seke.» Lanz aggiustò la nostra rotta, poi lasciò che il pilota automatico prendesse la guida. Ora stavamo portando avanti la nostra missione senza il supporto di Archer. Il maestro Seke aveva deciso che eravamo pronti a lavorare da soli. Archer avrebbe addestrato alcuni nuovi giovani guerrieri.

«Vero» riflettei. «Non si sa quando le cose si calmeranno.

E anche quando lo faranno, Jesel non sarà in cima alla lista degli obiettivi.»

«Ma se sottolineiamo il fatto che ci sono delle femmine umane? Prima o poi il maestro Seke ci lascerebbe andare?»

«Potrebbero anche non essere vive a questo punto. E ci sono altre piste provenienti da fonti più vicine e più sicure su cui indagare prima. Jesel è stato un pozzo nero sin dalle rotazioni del pianeta in cui ha iniziato a ospitare gli umani. Adesso anche il territorio intorno è notevolmente pericoloso.»

«Ha difficoltà ad accettare l'incertezza. Mi sarei aspettato che avesse più forza d'animo.»

Considerai la cosa. «È molto forte in altri campi. Ma gli esseri umani hanno attaccamenti emotivi molto più feroci.»

Stavo quasi iniziando a capirla. Il pensiero di perdere Mirelle mi provocava una sensazione di malessere alla bocca dello stomaco, qualcosa che non avevo mai provato prima. Oh, mi preoccupavo dei miei amici e dei miei compagni zandiani. Avrei dato la mia vita per loro; noi eravamo fatti così. Ma sentivo qualcosa in più nel petto quando pensavo a Mirelle. E questo mi faceva venire voglia di darle esattamente la cosa che non potevo darle se volevo far sparire la preoccupazione. Che *kazo* di rompicapo.

«Le piace sempre di più qui. Si sta facendo delle amiche e sta impressionando gli esseri al lavoro. Ancora un po' e potremo chiedere la piena cittadinanza.» La voce di Lanz non era convinta. Sapeva bene quanto me che la nostra piccola umana stava nascondendo qualcosa di fondamentale.

«Per farlo, dovremmo prima toglierle le manette. Pensi che sia una buona idea in questo momento?»

Esitò e io scossi la testa.

«Nemmeno io. E se sappiamo che non è completamente dedita, il re se ne accorgerà in un secondo. Non è il sovrano per puro caso.»

«Penso solo che... forse... se le dessimo quello che vuole, lei ci darebbe quello che vogliamo.» Non ero sicuro di cosa intendessi. Io stesso ascoltavo le mie parole mentre le dicevo. «Pensa a Jesel come a una sorta di risposta ai suoi problemi. Se la riportassimo lì, forse vedrebbe che non lo è. E poi potrebbe impegnarsi con Zandia.»

«Ma re Zander non la lascerà andare finché non si sarà impegnata con Zandia. Finché non dimostrerà che è pronta per essere una di noi e che non ci tradirà né lavorerà contro di noi.»

Mi grattai la guancia. «È una situazione impossibile.»

«È che non posso proprio rischiare che lei mandi a *farsi fottere* le cose per il suo ardore per... qualunque cosa.» Lanz scosse la testa. «Non posso perderla. Non possiamo perderla.» Percepii dell'angoscia nel suo tono.

«Siamo d'accordo. Dovremo solo impegnarci di più in camera da letto.» Mi feci scappare una risatina priva di ironia, perché il sesso era stata la nostra unica strategia fin dall'inizio. «Renderla così dipendente da noi da farla mettere in riga.»

Lanz restò in silenzio.

«Potremmo punirla più spesso? Più forte?»

«No. È troppo tosta. Per punirla davvero, dovremmo farle del male, e nessuno di noi due lo vuole. Inoltre, ciò ucciderebbe ogni sprazzo di fiducia da parte sua. La allontanerebbe per sempre.»

«Lo so. Intendevo il tipo di punizione che le piace.»

«Oh, quello. Beh, certo.» Sorrisi. «Le piace quando la discipliniamo.»

«E sembra davvero renderla più morbida, più compiacente.» Mi guardò. «Non credi? Voglio dire, non perché l'abbiamo costretta a sottomettersi. Soprattutto perché la accontentiamo così tanto che è più interessata lei a compiacere noi.»

«Ed è una fortuna che il nostro tipo di piacere vertà verso le opzioni più dure.» Mi si indurì il cazzo pensando a quanto mi piaceva sculacciare il suo culo morbido, facendolo diventare rosso. Come ansimava, si dimenava e si bagnava.

«Ce la porteremo, una rotazione del pianeta» promise. «Appena possibile.»

«Sì. Ma non ora.»

~

MIRELLE

DA QUANDO LANZ e Domm mi avevano permesso di provare la mia navicella, qualcosa nel mio cervello si era acceso e non si spegneva più. Era come un circuito bloccato su *vai*. Se anche mi sentivo più vicino a loro, come se noi tre ormai fossimo un'unica entità, sentivo anche l'attrazione di Jesel nel mio sangue, nelle mie ossa.

Era ora di fare la mia scelta. Era arrivato il momento.

Non potevo aspettare un ciclo solare, o due, o dieci. Dovevo andarci subito. Aiutare la mia gente subito, se ne aveva bisogno. Trovare una risposta alle domande che mi bruciavano e mi impedivano di fare di Zandia la mia casa.

Affondai in avanti, guardando fuori dalla grande finestra, senza concentrarmi su nulla. Ripassai il percorso nella mia mente, lungo la cintura di Midrian. Una volta mi era stato detto che i musicisti praticavano l'arpa Kardish nella loro mente, premendo le corde e tirando l'arco nella loro immaginazione, e che farlo aiutava a migliorare le loro abilità nella vita reale.

Oltrepassai la prima cintura di asteroidi, aggirando rocce improvvise che si rivoltavano verso di me. Era come schivare le gocce di pioggia, ma una volta che entravo in quella zona succedeva sempre, la cosa di cui avevo parlato ai miei compagni: era come se potessi sentirle arrivare prima. Sapevo che non si trattava di magia e che era la mia mente a mettere insieme traiettorie basate su movimenti leggeri, ma sembrava decisamente magico quando accadeva.

La porta si aprì all'improvviso e io balzai in piedi, il senso di colpa mi fece agitare, ma i miei compagni non sembrarono notare l'inganno che pareva coprirmi come una seconda pelle. Com'era possibile che la mia faccia non fosse coperta da brutte piaghe, che i miei occhi non perdessero il veleno che mi riempiva la mente?

Invece, il volto di Domm si contrasse per la preoccupazione.

«Che c'è?» Mi alzai e andai da lui. «Non sembri mai così turbato quando torni a casa.» Gli misi le mani sul petto. «Dimmelo e uccido quelli che ti minacciano.»

Sorrise a malapena. Di solito le mie minacce protettive lo spingevano a guardarmi negli occhi, a sfiorarmi il collo con le labbra. Ridacchiando mentre mi ricordava chi era autorizzato a fare minacce e cosa sarebbe successo più tardi a letto.

«Non è niente.» Mi abbassò le mani, non scortese, ma deciso. Lasciò cadere la borsa da viaggio e si passò le mani tra i capelli. «Vado a lavarmi.»

Si diresse dritto verso il lavatoio e, con mia sorpresa, imprecò alcune volte, e l'acqua corrente non riuscì a coprire le parole.

Quando Lanz entrò, con un cipiglio simile sui suoi bei lineamenti, incrociai le braccia. «Dimmi.»

«Non ho niente da dire. Solo una lunga rotazione del

pianeta. Il solito.» Non incrociò nemmeno il mio sguardo mentre si sedeva su una sedia e si toglieva gli stivali.

«Sul serio?» Mi avvicinai dietro di lui e gli avvolsi le braccia attorno alle spalle, chinandomi per leccargli un'antenna.

Si allontanò. «Non adesso, Mirelle.»

Ahia. Feci un passo indietro, nascondendo il dolore.

«Mi dispiace.» Si alzò e mi guardò. «È solo che...» Scosse la testa. «Andremo in missione per alcune rotazioni del pianeta.»

«Dove?» Il cuore mi batteva forte.

«Non posso dirtelo.»

«Perché sono io?» Mi accigliai. «Sono così stufa di essere esclusa dalle cose.» Mi colpì la rabbia, mista alla preoccupazione.

«È riservato.» Scosse la testa.

«Ma gli altri lo sanno?»

Domm uscì dal lavatoio. Aveva un profumo fresco, ma la sua espressione era ancora cupa. «Saremo anche fuori dal raggio di comunicazione.»

«Oh. Capito.» Deglutii. Questa era una cosa nuova.

Mi si avvicinò e mi prese entrambe le mani nelle sue. «Starai bene mentre siamo via?»

«Posso prendermi cura di me stessa.» La voglia di scattare crebbe ma la respinsi, perché insieme all'irritazione fui investita anche dalla paura. Una paura fredda e acre. «È pericoloso?»

«Non più del solito.» Ma non incrociò il mio sguardo.

«State attenti.» Gli strinsi più forte le mani. La verità era che ogni volta che andavano in missione, una parte di me viveva nel limbo finché non tornavano a casa, di nuovo con me, al sicuro tra le mie braccia. Era una sensazione orribile, e meravigliosa, e non sapevo dire quando avessero iniziato a significare così tanto per me da occupare la maggior parte del mio cuore.

Un tempo ci viveva mia sorella in quello spazio, e mio padre e gli umani su Jesel.

Jesel. Inspirai.

«Torneremo da te, non temere, piccola *vipn.*» La voce di Domm adesso era gioviale e, anche se sembrava un poco forzata, provai comunque sollievo che potesse riderne.

«Sarà meglio. Mi dispiacerebbe dover trovare due nuovi compagni *da fottere* ogni notte.»

Entrambi i maschi ringhiarono e io strillai mentre Domm mi afferrava e mi lanciava sopra la sua spalla. «Sono i commenti di questo tipo» disse, dirigendosi verso la camera da letto, «a farmi pensare di dovermi sfilare la cinghia di cuoio.» Mi buttò giù.

«Quali sono i commenti che invece metteranno a mia disposizione la tua lingua?» Mi girai e assunsi una posa provocatoria. «E se dicessi qualcosa sul tuo grosso cazzo zandiano e su cosa ho intenzione di fare con la mia bocca? Funzionerebbe?»

«Sarebbe un buon inizio.» Mi sorrise.

«Se solo mi liberaste» alzai le mani «potrei venire con voi. Combattere al vostro fianco. Aiutarvi.» Non sapevo perché lo stavo dicendo, solo che stava crescendo dentro di me questo bisogno, così come la voglia di fare sesso con i miei compagni.

Si fece scuro in volto e la sua espressione si indurì. «Mirelle.»

«*Padrone, padroni.*» Li guardai entrambi. «Non cambierà mai?»

«No» sbottò, poi scosse la testa. «Intendo, sì. Ma non finché non deciderai finalmente di integrarti qui.» Pensai che fosse nervoso a causa della missione che stava svolgendo, ma questo mi spinse alla rabbia e le permisi di consumarmi.

«Se mi fosse stata data la libertà, avrei potuto prenderlo in considerazione.» Mi uscì proprio dal cuore. «Quanto siete stupidi? Pensare di poter prendere un essere senziente, vivente e sensibile e aspettarsi di schiavizzarlo e di fargli dimenticare completamente il suo passato? Non prospererete mai come società. Non riporterete mai Zandia al suo antico splendore se siete così stupidi.»

Sbattei insieme le manette. «Voglio solo toglierle. Voglio essere libera.» Gli occhi mi si riempirono di lacrime che mi scesero lungo le guance. Odiavo dover essere due Mirelle: quella che amava questi zandiani e quella che aveva bisogno di tornare a Jesel. Odiavo essere divisa in due. Odiavo il mio conflitto. E sì, odiavo il fatto che non mi stessero aiutando a risolverlo, ma solo a renderlo più forte. «Vi odio!»

I due maschi se ne rimasero lì, come se fossero fatti di pietra, il loro colorito tendeva più al pesca che al viola, come se il sangue stesse scorrendo via dai loro volti.

Mi dispiacque immediatamente, non li odiavo, erano tutto ciò che avevo qui, ma non sapevo come sistemare la situazione. Come farla funzionare.

Lanz si voltò. «Dobbiamo andare.»

Senza guardarmi, Domm disse in tono rigido: «Quando torneremo, parleremo con il re e scioglieremo questa unione. Su Zandia, nessun essere umano è vincolato a padroni che non vuole.»

Le sue parole mi colpirono come un pugno. Rimasi senza fiato, incapace di parlare, incapace di dirgli che non erano loro che non volevo, ma era troppo tardi.

La porta si chiuse definitivamente e crollai in singhiozzi.

CAPITOLO DICIASSETTE

Mirelle

La capitale era silenziosa, l'oscurità ammantava le cupole. Le manette lampeggiarono di verde mentre entravo nel ponte di volo dove era attraccata la mia navicella, quella che si trovava all'esterno. Naturalmente mi ero intrufolata senza farmi notare. Prima di tutto, nessuno si aspettava un intruso. Secondo, ero ancora brava in questo. Esperta. E Domm e Lanz non avevano mai disattivato il codice temporaneo che mi aveva permesso di accedere al mio velivolo.

I miei sensi erano al massimo, l'adrenalina alle stelle.

Il codice temporaneo per la mia navicella funzionava ancora e avevo prestato molta attenzione ai cicli lunari in cui avevo vissuto qui. Sapevo esattamente come uscire da questo hangar ed entrare nella zona di rilevamento. E sapevo che c'era un solo zandiano di servizio nella torre di notte.

Seduta sul sedile, respinsi il rimpianto, la pesantezza della partenza. Zandia non era mai stata la mia casa. E anche se avevo a cuore i miei compagni, dovevo tornare a Jesel. Era diventato un prurito così forte che avrei voluto grattarmi la pelle fino alle ossa per calmarlo, e questo era l'unico modo. Ad ogni modo, con Domm e Lanz disposti a sciogliere il nostro legame, non c'era comunque altra opzione.

Toccare i controlli fu come una droga per le mie vene e sospirai, sentendomi viva, mentre le mie preoccupazioni svanivano e mi concentravo e guidavo la navicella verso il decollo. Arrivò un messaggio dalla torre, un avvertimento, e poi me ne andai, nello spazio.

Non credevo che mi avrebbero dato la caccia, almeno non subito. Domm e Lanz non me lo avevano voluto dire, ma Kianna aveva detto che in questo momento stavano affrontando una specie di missione a tutto campo per recuperare una navicella ocreziana. Dovevano decodificarla e capire il nuovo sistema di occultamento di Ocrezia, altrimenti le navi zandiane sarebbero state messe a repentaglio quando si trovavano nello spazio aereo di Ocrezia. Zandia aveva eccellenti relazioni diplomatiche con gli ocreziani, ma da quando avevano riconquistato il loro pianeta, gli ocreziani si sentivano ancora più minacciati da loro. E la sottocultura dei pirati era sempre viva e vegeta nella galassia.

Il re non avrebbe sprecato le sue risorse per inseguirmi. Pensavo. Speravo. Non ora, non quando le sue navi da guerra erano impegnate in quest'altra missione cruciale.

Man mano che il tempo passava e non lampeggiava nessun avviso sul mio schermo, si allentò un po' della tensione. La mia astronave non riusciva a vedere la loro quando era occultata, quindi avrebbero potuto trovarsi sopra di me in questo istante. Ma passò più tempo, senza interventi. Ero libera.

Era esilarante.

E sola.

Ero abituata a lavorare in squadra. Non solo a casa, con Lanz e Domm, ma anche al lavoro, con Kianna e Amber.

Essere di nuovo sola, anche se era bello essere l'unica persona responsabile del mio destino, era un po' triste.

Ma non c'era tempo per riflettere su questo, perché avevo bisogno di tutti i miei sensi per navigare tra gli ammassi di asteroidi che sarebbero arrivati e per schivare e invertire la rotta per evitare i velivoli in cui si nascondevano i pirati. Ero bravissima in questo. Madre Terra, speravo di non avere perso il mio tocco.

Avevo gli occhi pesanti e mi faceva male il corpo, ma eccola lì: Jesel incombeva sul mio schermo, marrone e verde. Ripresi fiato mentre gestivo i comandi, impostando a memoria le coordinate di atterraggio e selezionando il punto di terra bruciata vicino all'accampamento di mio padre.

Questa volta gli asteroidi che circondavano il pianeta erano più grossi del solito; dovevano essere state le correnti del flusso cosmico a portare più detriti, e tenere il passo andava quasi oltre le capacità del mio equipaggiamento.

Avevo detto a Domm e Lanz di come potevo sentire gli ostacoli, e potevo in effetti, ma ce n'erano troppi e non c'era abbastanza spazio perché la mia navicella potesse inserirsi nel mezzo mentre giravano e volavano nelle loro orbite intricate.

«*Kazo*» sussurrai tra me. Avevo imparato alcune cose su Zandia e le imprecazioni erano tra queste. Tuttavia, non avevo acquisito la capacità di trovarmi in due posti contemporaneamente e la mia navicella venne colpita da un feroce sciame di rocce.

Sentii il sibilo insidioso della breccia nello scafo.

«*Kazo, kazo, kazo*» sussurrai, ma fu più che altro una cantilena, mentre le mie dita volavano sui controlli. Ebbi appena il tempo di arrivare a Jesel prima che mi mancasse l'aria. Anche quello scafo potenziato, non era sufficiente per evitare queste pietre spaziali penetranti e frastagliate.

Con mio orrore, sentii un altro impatto. Il velivolo scattò: era il carrello di atterraggio. Riuscii a malapena ad atterrare e la nave si schiantò violentemente al suolo, gli allarmi suonarono come voci, una sinfonia di parti rotte, e poi le luci si accesero sulla mia console proprio mentre i gradini si abbassavano con un cigolio.

ALZANDOMI SENTII i crampi alle gambe, ma quando aprii la porta e mi fermai in cima alle scale, il profumo della terra bruciata e dei cespugli *pakka* mi investì, mescolato all'odore del gas di scarico, di carburante e metallo caldo della mia navicella, e mi commossi. Ero così ansiosa di arrivare a casa di mio padre che quasi singhiozzai, ma mi presi il tempo per osservare i dintorni e valutare il pericolo. Mi assicurai che non ci fossero umani in agguato dall'accampamento di Kaffa. Nessuna minaccia di alcun tipo.

Il mio velivolo scricchiolò e fumò, gemette mentre il metallo frantumato cedeva e si depositava con urla agonizzanti di acciaio e titanio lacerati. Mi si spezzò il cuore, ma la mia mente era concentrata sugli umani che si trovavano qui. Perché dopo tutto questo, dopo tutto, ero tornata.

Quando capii che era tutto libero, corsi per il campo, dove mio padre stava già uscendo dalla sua capanna, con un'espressione scioccata sul viso. Quando mi vide, spalancò gli occhi e restò immobile. Per un secondo pensai che avesse visto un fantasma.

«Padre.» Mi tremò la voce e corsi tra le sue braccia, afferrandolo forte. Quando era diventato così piccolo e rugoso? Era così vecchio adesso.

«Mirelle.» Aveva le lacrime agli occhi e strinse le sue braccia attorno a me, anche se sembrava fragile. Aveva lo stesso odore, di casa.

Gli appoggiai la testa sulla spalla, chiusi gli occhi contro la sua maglietta e lo strinsi, incapace di lasciarlo andare. «Padre. Mi sei mancato tanto.» Mi tirai indietro per guardarlo, per studiare le rughe attorno ai suoi occhi. La pelle delle mani sembrava di carta, e gli avambracci erano punteggiati di macchie marroni. Lo afferrai di nuovo, come se cercassi di forzare la vitalità nel suo corpo, nella sua anima, di trasferirgli parte della mia energia.

«Non pensavo che ti avrei rivista in questa vita.» Mi toccò il viso. «Figlia mia. Sei qui.»

Diede un'occhiata alla mia navicella. «È diversa! Come è possibile? Hai subito danni. Stai bene?» Mi toccò le spalle, il viso. «Sei ferita?»

Scossi la testa. «No. Ti dirò tutto. Stai bene?» Mi guardai intorno. Qualcosa non andava. Ne ero convinta. «Stai bene?» Lo guardai con lo stesso stupore che doveva provare lui nel vedermi. «Padre. Sei qui. Sono qui.» Era pazzesco, incredibile, davvero, che ci trovassimo faccia a faccia. Nonostante tutte le probabilità dell'universo, gli ostacoli sul cammino, eccoci qui. Non sapevo se fosse reale o un sogno.

Mi strinse il braccio. «Sono qui, bambina.» Ma aveva gli occhi tristi. «Dove sei stata?»

«Ti dirò tutto. È un racconto lungo.»

Lo seguii nella nostra casa, con il petto stretto per l'odore, di carne bruciata di karka, terra e vestiti non lavati; l'odore della mia infanzia. Riuscivo praticamente a vedere Iselle chinarsi sul tavolo di legno grezzo, mordersi il labbro, tenendo in mano la matita. Imparare a decifrare una nuova lingua.

Era tutto così familiare, eppure così estraneo. Ero una persona diversa.

La capanna, l'arredamento era così scarno. Ero cresciuta in una povertà così assoluta, eppure non me ne ero mai resa conto.

E in un attimo, il tempo si appiattì e mi sentii esausta. Ero riuscita ad arrivare. Ero fuggita da Zandia, mi ero fatta strada attraverso una galassia pericolosa con un velivolo fragile come la carta, ed ero qui. Eppure, non sentivo più di appartenere a questo posto.

Mi diede dell'acqua. Aveva cucinato uno stufato; lo stesso stufato che mangiavamo sempre. Il tempo scorreva via e mi circondava come una marea, avvolgendomi nel mio passato, riproponendomi momenti ormai lontani in vortici e turbini. La mia mente non riuscì a tenere il passo, sbattei le palpebre e mi misi una mano sulla fronte.

Sempre premuroso, mio padre aggrottò la fronte. «Possiamo parlare più tardi. Vuoi riposarti? La tua stanza è ancora qui.» Indicò un tramezzo chiuso da una tenda. La mia biancheria da letto, le mie vecchie cose. La mia mente vacillò.

Ogni cellula del mio corpo voleva urlare in segno di protesta. C'era qualcosa di così sbagliato nel tornare nella mia vecchia stanza, nel mio vecchio letto, quando solo da poco ero passata ad avere dei compagni. Una casa da adulta. Una famiglia tutta mia, in un certo senso. Anche se sapevo che mi sarebbero mancati, solo ora lo sentivo davvero. E mi faceva male il cuore.

Ero sopraffatta. Gli sorrisi. «È stato così strano.»

Lui aspettò.

«Stavo salvando due donne quando sono stata aggredita e catturata. Portata a Zandia.»

Fece un respiro profondo. Aveva un'espressione preoccupata.

Scelsi attentamente le parole. «Mi hanno dato come compagni due zandiani.» Mi affrettai ad aggiungere: «Non è stato male.»

Dall'espressione del suo viso, potevo intuire che non ne era sicuro.

«Non erano scortesi. In effetti, erano... piuttosto... accomodanti.» Arrossii parecchio. *Davvero accomodanti.*

Ma poi le lacrime mi pizzicarono gli occhi, ricordando come ci eravamo separati, l'ultima cosa che gli avevo detto.

Era così falso: non li odiavo affatto. Io li amavo. Ma l'amore non bastava, a volte, quando avevamo delle promesse da mantenere. E quando gli altri non ti amavano più.

«La vita lì è diversa da come pensavamo» aggiunsi rapidamente. «Hanno una società avanzata e salvano gli esseri umani. Per lo più le donne.»

Aggrottò la fronte. «Ho imparato a conoscere gli zandiani. Ciò che ho scoperto è molto illuminante.»

«Padre, le cose che gli umani creano lì, le adoreresti. Medicinali. Armi. Navicelle. E gli strumenti che hanno a disposizione! È come se potessi creare qualsiasi cosa nell'universo a cui puoi pensare.» Sentii un prurito alle dita, ricordando la mia officina lì. «Ho potuto fare cose che avevo solo sognato.

«Ma adesso sono tornata.» Inspirai. «Posso continuare il nostro lavoro, Padre. I salvataggi. I nostri progetti per il futuro.» Stranamente, non provai un grande entusiasmo al pensiero di quel compito. Invece, provai un terrore esistenziale e qualcosa che non avevo mai provato una sola volta: la paura.

«I nostri piani.» Il suo tono era pensieroso. «Sì.»

«Cosa hai fatto tutto questo tempo?» Mi guardai intorno. Qui non era cambiato nulla, a quanto pareva. Solo che era più silenzioso. «Dove sono gli altri?» Ero abituata a vedere almeno tre o quattro altri umani in giro. Era stranamente silenzioso. «Di solito in questo momento tutti si riuniscono nella tua capanna per parlare e fare progetti.» Mi assalì un senso di disagio. «Giusto?»

Scosse la testa.

Sentii gelare la schiena. «Padre? Dimmi.»

Sospirò. «Siamo stati attaccati di nuovo dall'equipaggio del nord.»

«Mandy? Tess? Stanno tutti bene?» Mi sporsi in avanti. «Padre!»

Evitò il mio sguardo. «Mirelle, abbiamo fatto del nostro meglio. Mi dispiace tanto.»

«Padre, sono... cosa è successo?» Lo afferrai per il braccio. «Dimmelo.»

«Mirelle, le hanno prese.» Mi prese la mano.

«No!» Mi alzai, scrutai la stanza. «Dobbiamo salvarle.»

«Non possiamo. Hanno distrutto le nostre fortificazioni. Preso le nostre armi. Ci vorrà tempo per ricostruire, se mai potremo. Non ho più navicelle operative.»

«Posso sistemare...» Ma no, non potevo. I miei strumenti erano su Zandia. Mi si strinse lo stomaco. «L'ho già fatto prima. Posso farlo di nuovo.»

Ma ero stanca. Il solo pensiero dell'enorme sforzo che sarebbe stato necessario per pianificare un attacco contro l'equipaggio del nord mi fece sentire male e scoraggiata. Il pensiero delle missioni pericolose che avrei dovuto compiere su qualunque navicella mal progettata e sgangherata avessimo, ogni viaggio sarebbe stato uno scontro con il destino, che sarebbe stato il solo a decidere della mia sopravvivenza.

«Perché gli esseri umani devono combattere? Non capiscono che in questo modo ci indeboliamo soltanto?» Mi sedetti di nuovo, affondando la testa sulle braccia conserte.

Avevo chiesto io di tornare qui. L'avevo chiesto io. Avevo

forzato le cose. E ora che ero tornata, mi sembrava un grosso errore.

Mi mancavano Zandia e i miei compagni, con ogni fibra del mio essere. Che ironia: quando ero lì, tutto quello che volevo era tornare qui. Ora che ero qui, volevo tornare lì.

«Garrett non è mai stato un uomo ragionevole.» La voce di mio padre era ferma. «E non lo sarà mai. La disperazione e la debolezza trasformano gli esseri in facsimili malati di ciò che erano una volta. Non cambierà mai.»

«Non voglio doverlo uccidere.» La bile mi salì in gola. «Ma lo farò. Cosa gli stanno facendo?» Nonostante la stanchezza, la necessità chiamava.

Intendevo a Tess e Mandy, ovviamente.

«Sono sicuro che lo sai.»

Sapevo cosa facevano Garrett e i suoi uomini alle donne che catturavano, e sentii il bisogno di vomitare. Corsi fuori dalla capanna e vomitai il contenuto dello stomaco nelle foglie ruvide e bruciate dal sole degli arbusti che crescevano qui.

«Sono ancora vive?» Mi asciugai la bocca con il dorso della mano.

Scosse la testa. «Probabilmente, ma…»

«Bene, tu, Daniel, io e gli altri possiamo...»

«Daniel è morto. Garrett lo ha ucciso.»

Mi sedetti sulla sedia ruvida e mi presi la testa tra le mani. «Madre Terra.»

«E gli altri uomini? Quelli buoni, del nostro campo? Li ho mandati via, a Fi. Nella nostra ultima navicella in grado di entrare nello spazio.»

«Via? Dove?» Risi incredula. «Cos'è Fi?» Scossi la testa. «Perché?»

«Fi è un luogo in cui i maschi umani possono avere una nuova vita.»

«Ma non le femmine? Non capisco.» Mi girava la testa.

«Lascia che ti dica una cosa.» Mio padre si schiarì la voce. «Ci vorrà del tempo, ma ho bisogno che tu ascolti.»

Annuii, mi faceva male la testa. «Ci proverò.» Non sapevo se sarei riuscita a elaborare qualcosa in questo momento.

«Ad ogni rotazione del pianeta in cui sei stata lontana, ho pianto la tua perdita.» La sua voce era bassa. «Ma ho anche festeggiato, Mirelle. Perché avevo bisogno di credere che fossi al sicuro e che stessi facendo qualcosa di miracoloso. In un posto migliore di questo. Con un vero futuro davanti a te.»

Non riuscivo a parlare.

«Per anni ho creduto che questo posto» – indicò lo spazio intorno a noi – «fosse il modo per aiutare gli esseri umani. Per andare avanti. Per proteggerli. Per costruire un nuovo futuro. Ma ora...»

«Ora?» La mia voce era roca per l'emozione.

«Non funziona.»

«Voglio che gli esseri umani siano liberi.» Mi tremava la voce. «La nostra specie se lo merita.» Chiusi il pugno.

«Quando tua madre e io siamo venuti qui a Jesel, fuggiti dalla schiavitù degli ocreziani, sognavamo un posto dove poter portare gli umani. Dove avviare il nostro pianeta con gli umani. Ripopolarlo. Costruire una società.»

Annuii. «Me lo hai detto. Perché la storia umana è forte e bella. Dobbiamo preservarla per il futuro dell'universo.»

«Le nostre menti sono state forti nel corso dei secoli, ma i nostri corpi sono deboli, rispetto a quelli degli altri esseri nella galassia. E il nostro temperamento, come specie, era... complicato.» Mio padre tossì. «Gli esseri umani si sono messi nei guai, hanno perso il loro dominio, in primo luogo a causa dell'avidità e delle lotte intestine.»

«Ma siamo intraprendenti e forti. Siamo come la colla.

Riempiamo le crepe. Rompiamo le cose, ma poi le aggiustiamo. Le parti migliori di noi» insistetti. «Abbiamo continuato ad andare avanti, rialzandoci. Questo è quello che mi hai insegnato.»

«L'abbiamo fatto.» Alzò un dito. «E questa è la strada da seguire.»

«Cosa intendi?»

Tossì di nuovo, e questa volta portò un panno per coprirsi la bocca. Era macchiato di rosso quando se lo tolse dalle labbra. Aggrottai la fronte e provai a guardare ma lui mi interruppe. «Gli esseri umani, da soli, combattono tra loro. Gli esseri umani mescolati con un'altra specie la rendono più forte.»

«Quindi stai dicendo che il nostro obiettivo è mischiarci?»

«Forse.» Alzò le spalle. «Sì. Guarda cosa avete realizzato su Zandia. Loro da soli erano troppo bellicosi, mancavano di emozioni.»

«Aspetta. Come fai a saperlo?» Mi accigliai. «E cosa intendi con *avete realizzato*?»

«Con voi intendo gli umani. Le femmine umane.»

«Io non... come fai a sapere cosa abbiamo realizzato lì? Sono appena tornata e non ti ho ancora detto molto. Non ho capito bene.»

«Ho passato tutto il mio tempo cercando di conoscere l'universo» disse. Mise giù il panno e si sporse per prendere un pezzo di elettronica da uno scaffale, ma non mi lasciò la mano. Teneva in mano uno scanner malconcio. «Con questo posso raccogliere informazioni di base dalla galassia.»

«Su Zandia abbiamo...» cominciai, sul punto di parlargli dei nuovi sub-scanner, poi mi interruppi. «Scusa. Stavi dicendo?»

«Mi sono istruito.» Toccò il dispositivo con un dito.

«Assorbendo tutto quello che potevo. Imparando a studiare le galassie e le creature che ci vivono. Stavo cercando di capire cosa dovevo fare.»

«E?» Alzai un sopracciglio.

«Sono venuto a conoscenza dei cambiamenti avvenuti a Zandia negli ultimi cicli solari da quando hanno sconfitto i finn. Come sono diventati più forti, più resilienti, più adattabili. Penso che sia il risultato dell'influenza umana.»

«Penso tu abbia ragione.» Qualcosa nel mio cuore cominciò a sollevarsi, ad allargare le ali. «Non sai quanto! Per esempio, quando Domm...» mi interruppi. Il mio sorriso svanì, mi si contorsero le viscere. Domm non era più mio; e nemmeno Lanz. Non lo sarebbero stati mai più. E dovevo ascoltare mio padre, perché chiaramente voleva condividere qualcosa di importante.

«Da soli, noi esseri umani, eravamo troppo egocentrici ed egoisti. Troppo emotivi in modi mal guidati. Ma insieme, la combinazione è una centrale elettrica. Quella nuova società prospererà e diventerà una stella dell'universo.»

«Io...» non sapevo cosa dire. Aveva ragione riguardo al miglioramento di Zandia da parte degli umani. Ma non avevo mai pensato al contrario, che gli zandiani potessero aiutare anche l'umanità.

«E chissà dove si sono diffusi gli umani nell'universo oltre a Zandia. È un posto fantastico, pieno di meraviglie. Ho il sospetto che gli esseri umani stiano facendo la stessa cosa in altre società. Colmare le lacune con la nostra saggezza e abilità. Fornire i talenti per rendere una specie forte ancora più forte. Adattandosi.»

«Ma perdendo la nostra identità» sostenni.

«Non pensi che ogni gruppo prima o poi lo farà?» Inclinò la testa. «Milioni di anni a venire, ci saranno ancora gli ocreziani, per esempio?»

«Spero di no» scherzai.

«Gli zandiani non stanno cambiando mentre incorporano il DNA umano nel loro genoma?»

«Beh, certo. Ma il pianeta è ancora Zandia. È la società zandiana.»

«Per adesso. In futuro, se continueranno ad accoppiarsi con gli umani, sarà qualcosa di strano e nuovo. Che comprenderà sia zandiani che umani.»

«È vero.» Mi strofinai il naso, mi bruciavano gli occhi.

«E in questo modo, entrambe le specie sopravviveranno. No? Forse è meglio per entrambe. Sono più forti. Saranno qualcosa di nuovo, che prima non era mai esistito. Non sostituiranno il vecchio. Semplicemente... lo miglioreranno.»

«Sì.» Mi piaceva l'idea. Faceva sparire la mia paura e la sostituiva con una sensazione di calore nel petto.

Sorrise. «Chi lo sa. Ma se gli esseri umani si impegnano a muoversi, il nostro materiale genetico verrà trasportato nel futuro.»

«Come un virus.»

«O una cura.» Alzò un sopracciglio. «La materia della vita, Mirelle. L'iniezione che mantiene vitali le altre specie.»

«Vitali.» Provai a ridire la parola.

«Jesel è morto.» Gli si inumidirono gli occhi. «Le incursioni del nord hanno distrutto la nostra comunità. Non ci sono famiglie, né bambini. Le poche donne rimaste in età fertile non hanno partner e sono prigioniere come schiave di altri esseri umani. Gli uomini dell'età giusta sono aggressivi e ostili, incapaci di crescere dei piccoli.» Voltò la testa dall'altra parte. «Abbiamo una tecnologia scarsa. Semplicemente non abbiamo abbastanza esseri per avviare una nuova società umana.»

«Ma possiamo trovarne altri. Possiamo salvarne di più.» La mia voce, bassa e speranzosa, si incrinò. «Con il tempo, possiamo realizzarlo. Se non basterà la mia vita, allora...» Ma non avevo nessuno a cui lasciare in eredità la mia missione.

«Non è abbastanza. Non funzionerà mai in questo modo. E anche se avessimo più esseri, più umani, non avremmo modo di proteggere un gruppo in crescita. Saremmo decimati nel momento in cui venissimo scoperti.» Tossì di nuovo, e questa volta non ebbi dubbi sul sangue che schizzava, macchie rosso bacca, sulla stoffa.

«Padre, sei malato.» Mi alzai, spingendo la sedia. «Cosa c'è che non va?»

Appallottolò il tessuto. Mi prese la mano. Mi lanciò un'occhiata e io tacqui. Restammo in silenzio per un lungo minuto. Il vento fischiava lungo la grondaia della capanna, il grido solitario delle canne secche crepitava nel letto arido del torrente.

Sorrise. «Sapevi che esiste una razza di essere chiamati fî? Sono simili agli umani fisicamente. A circa 500 anni luce da Jesel. Hanno il problema opposto di Zandia. Sono rimaste per lo più femmine; i loro maschi sono morti in guerra. Hanno scoperto che i maschi umani funzionano perfettamente come accoppiamento. È lì che ho mandato gli uomini.»

«E allora? Dovremmo mandare lì tutti i nostri maschi?»

«Sì. E le femmine su Zandia?» sorrise. «Sembra un buon posto per loro.»

Esitai. «Dividere e conquistare?»

Sorrise. «Come una cellula. Biologia di base. Si divide in due e si moltiplica.» Sospirò. «Non lo so, bambina. Sono vecchio, ormai. Sono più filosofico che in passato. Forse incline alla fantasia. Ma non credo di sbagliarmi su questo.»

Valutai la cosa. «Ma sono tornata qui per te, padre. Per questo. Per gli esseri umani.» Mi si incrinò la voce. «Sono venuta per te.»

Mi strinse la mano. «Ma quello che hai ottenuto è stato ritrovare te stessa. Prendila e vattene.»

«Ma...» La mia mente era tormentata da questa nuova possibilità. La cosa più spaventosa era che pensavo che avesse ragione su tutto.

Lasciò andare la mia mano, la accarezzò una volta. «Torna a Zandia. E porta con te le altre femmine.»

«Non posso lasciarti solo.» La mia risposta fu automatica, ma stavo già pensando a come avrebbe potuto funzionare. Prima di tutto, avrei dovuto procurarmi un mezzo in grado di arrivarci. Poi salvare le donne dal gruppo del nord.

Oppure: contattare Zandia e chiedere loro di aiutarmi a farlo. Se almeno mi avessero ascoltata a questo punto. Ero stata più un problema che un bene. «Inoltre, non mi rivorranno indietro. Ma non posso lasciarti.»

Incrociai le braccia, sentendomi nauseata.

«Temo che sarò io ad andarmene.» Lo disse a voce bassa. Alzò la mano con il panno appallottolato.

«Padre.» Mi tremava la voce.

«Va tutto bene. Mi sono divertito molto.» Sorrise. «Non ho nessun rimpianto, Mirelle.»

«Forse potrei sistemare una navicella e portarti a Talon. Hanno assistenza medica e potremmo barattare qualche farmaco.» La mia mente correva e mi chinai in avanti, stringendo i pugni. «Posso rubare qualcosa di valore e barattarlo...»

Mio padre scosse la testa. «Questo non è il genere di cose che possono essere curate.»

«Ma...»

«Resterò qui.» Lo disse con voce ferma. «Per tutto il tempo che mi resta. Jesel è ancora conosciuta come un avamposto per gli umani in fuga, e sicuramente ci raggiungeranno dei fuggitivi. Avranno bisogno di qualcuno che li accolga e li mandi in un altro luogo. Vai a Zandia.»

«E se non mi volessero indietro?» Il senso di vuoto mi spaccò le costole e si espanse ai miei organi.

«Allora li convincerai del contrario.» Sorrise.

«E se non si convincessero?»

«Questa non è la combattente che conosco.»

«Non sono più la stessa persona che ero.»

«Sei più forte.» Mi guardò con approvazione. «Tua madre ne sarebbe orgogliosa, Mirelle. Anche tua sorella.»

«Non so dove siano.» Lo sussurrai e le lacrime mi scesero lungo le guance, improvvise e calde.

Alzai lo sguardo verso il tetto della capanna, come se potessi vedere attraverso le travi grezze e poi attraverso il cielo caldo e polveroso, guardare oltre le stelle e le nebulose e trovarle. Da qualche parte, fluttuanti. «Non le trovo mai, non importa quanto vado lontano.»

Lacrime calde mi scesero sul viso. «Perché dovevano andarsene?»

Mio padre mi prese tra le braccia e io mi strinsi a lui, forse per l'ultima volta, perché ogni volta era sempre l'ultima volta. Lo strinsi più forte che potevo senza romperlo.

«Non lo so.» Gli si incrinò la voce. «Ma sei qui e non c'è altra scelta che andare avanti. Porta avanti la fiamma, Mirelle.»

Smisi di piangere all'improvviso come avevo iniziato. Mi toccai il collo. *Fanculo*. «Ho perso la mia collana. Ancora.»

Mi strinse a sua volta. «Non ti serve la collana. La fiamma è dentro di te.»

«Lo so.» Feci un respiro profondo e tremante. Mi ero aggrappata ai ricordi e ai simboli dei ricordi, invece di vivere.

Era tempo di affrontare il mio futuro invece di trascinarmi dietro il passato.

CAPITOLO DICIOTTO

L*anz*

«Cosa facciamo?» Fissai la console, anche se al posto delle stelle e degli asteroidi vedevo il volto sofferente di Mirelle. Riascoltavo le sue parole arrabbiate.

«La lasciamo andare. È il momento.» La voce di Domm era pesante. «Aveva bisogno di essere libera. Se la amiamo, dobbiamo darle ciò che desidera. Non importa quanto fa male.»

«Lo so.» Presi fiato. «Ma è difficile sapere che non è più nostra. E probabilmente non lo è mai stata davvero.»

«Non è una piccola e mite femmina umana che vuole essere tenuta al sicuro a casa. Ha bisogno di starsene nella galassia, a combattere e a salvare vite umane.» Scosse la testa. «Prima lo affronteremo, più velocemente lo supereremo.»

Superammo la cintura degli asteroidi ed entrammo nell'oscurità nera come l'inchiostro. «Dobbiamo davvero concentrarci ora.»

«Lo so.» Scattai. «Sei tu che parli ancora di lei.»

Digrignai i denti, pronto a dare un pugno al mio migliore amico, anche se sapevo che la rabbia che provavo non era realmente nei suoi confronti.

Un *ping* dal nostro pannello ci fece saltare entrambi.

«Avviso dal maestro Seke.»

Domm rispose. «Maestro Seke, siamo qui. Che c'è?» La sua espressione cambiò mentre ascoltava il suo dispositivo di comunicazione.

«Lei cosa? Dove?»

Sentii il cuore gelare come una palla fredda. «Mirelle se n'è andata?»

Lui annuì, il suo viso era pallido. «Se ne è andata con la sua navicella. La torre di controllo l'ha vista mentre si allontanava, ma non c'erano combattenti pronti a seguirla, e il re ha detto di lasciarla andare, e che di lei ci occuperemo più tardi.»

«Ottimo tempismo.» Scossi la testa, provando emozioni contrastanti, terrore e ammirazione.

«Come sempre.» Sospirò.

«Dove è andata?»

«Dove pensi che sia andata?»

«Jesel.»

Annuì. «Probabilmente abbiamo sempre saputo che prima o poi l'avremmo persa.»

Lo spazio aereo improvvisamente sembrò troppo cupo. Era come perdere tutto, di nuovo. I miei genitori, i miei fratelli, la mia casa. Tutto quello che conoscevo.

Una parte di me aveva continuato a credere che, una volta tornati, saremmo stati in grado di sistemare le cose. Ora sapevo che era davvero tutto finito.

~

MIRELLE

«AVREI PREFERITO che avessi aspettato a mandare i maschi su Fi.» Fissai il mucchio di rifiuti, valutando ciò che avevamo. E che non avevamo.

«Non pensavo che saresti tornata.» Mio padre mi mise una mano sulla spalla. «La navicella è stata utilizzata al meglio per il loro futuro.»

«Non sono in disaccordo. Ma sarebbe stato sicuramente utile averla a portata di mano adesso.»

«C'è qualcosa di utile qui?»

«Devo controllare. Sono così vicine e allo stesso tempo lontanissime. È esasperante.»

Sapeva che stavo parlando di Mandy e Tess. «Pazienza e pianificazione, Mirelle.»

«Lo so.» Risi. «Mi è mancato sentirtelo dire.»

Gli sorrisi e per un secondo fu come ai vecchi tempi, quando mia sorella era viva, quando la nostra comunità qui, sebbene rozza e primitiva, era fiorente e preparata per il futuro.

«Quando vuoi contattare Zandia?»

Scossi la testa. «Non ancora. Non finché non avrò le donne. E un dispositivo di comunicazione funzionante che può effettivamente arrivare fin lì» dissi con sarcasmo.

«Se chiedessi aiuto, potresti usare le loro fortificazioni per il salvataggio. Una navicella zandiana potrebbe raggiungere l'accampamento nord in pochi secondi, distruggere le aree necessarie e prendere le donne.»

«Non la manderebbero.»

«Ma vogliono donne umane. Ce ne sarebbero altre due.»

«Sicuramente non si fiderebbero di me. Inoltre, non si

stanno ancora avventurando in questo territorio. Il re è preoccupato per i pirati ocreziani che cercano di rubare una navicella zandiana.»

«Giusta preoccupazione.» Mio padre tossì, ma per fortuna non seguì uno degli attacchi tormentosi che lo affliggevano ultimamente. «Anche se tu ce l'hai fatta su una nave disarmata.» Alzò un sopracciglio. «Penso che potrebbero farcela.»

«Se ritenessero che ne vale la pena.» Sospirai. «Non voglio rischiare. Se dicono di no...»

«E tu fagli dire di sì. Dai loro qualcosa a cui non potranno resistere.»

«Quindi, mi piacerebbe prendere le donne e poi andare sul loro pianeta.» Ci pensai. «Credo che concederebbero a tutti noi l'asilo. E se anche mi allontanassero perché sono troppo inaffidabile, Mandy e Tess potrebbero comunque avere una casa sicura. Un futuro.»

«Come puoi dimostrare loro che non sei inaffidabile?»

Mi toccai le labbra. «Forse potrei portare loro qualcosa di cui hanno bisogno. Qualcosa di cui non possono fare a meno.» Un'idea cominciò a prendere forma nella mia mente.

«E sarebbe?»

Inspirai. «Devo procurarmi una navicella pirata ocreziana.»

«È un compito arduo.» Spalancò gli occhi. «Impossibile.»

Annuii. «Infatti.» Guardai la mia navicella, che volava bene quando era funzionante, ma non aveva armi di alcun tipo. Per non parlare del fatto che era danneggiata; al momento inutilizzabile. «Se potessi sorprenderli...» scossi la testa.

«Non abbiamo armi qui» mi ricordò mio padre. «Né abbastanza uomini per pianificare un'imboscata. E le loro navi sono tra le meglio conservate e gelosamente custodite della galassia.

«Ci dormirò sopra. A volte le mie idee migliori arrivano nei sogni.»

Mio padre sorrise, ma aveva gli occhi tristi. «Proprio come tua madre.»

«Dimmi di più su di lei.»

Sapevo che queste erano le nostre ultime rotazioni planetarie insieme e, anche se c'era una missione importante in gioco, volevo assorbire informazioni sul mio passato. Forse non era importante per nessun altro nell'universo, ma per me significava qualcosa.

«Ah, Mirelle, era così feroce. Aveva imparato una tecnica per liberarsi dalle manette o sorprendere un nemico. Ha usato questa tecnica più di una volta. È così che noi due siamo fuggiti per la prima volta da Ocrezia, tanti anni fa.»

«Perché non me lo hai *mai detto*?»

Scosse la testa. «Non era il momento.» Tossì. «Un piccolo pezzo di metallo, lungo così.» Alzò le mani. «Lo inseriva sotto l'unghia. All'inizio il dolore era sicuramente straziante, ma lei diceva che se riuscivi a gestirlo all'inizio, potevi ottenere la libertà.»

«Per cosa lo usava?»

«Le manette a quel tempo non erano tutte elettroniche. Alcune avevano una serratura meccanica che poteva scassinare con quel pezzetto. Sai, come quelli usati per le stive di carico.»

«Ed è quello che ha fatto?»

«Ha nascosto quel pezzetto nel suo corpo per mesi, aspettando l'opportunità. In un certo senso è diventato parte di lei.»

«È stupefacente. Vorrei poter essere come lei.» Lo dissi con tono rispettoso.

Lui guardò oltre me, con espressione affettuosa. «Aveva pazienza e lungimiranza. Era come se potesse vedere nel futuro, dieci passi avanti. Sapeva pianificare.» Scosse la testa. «Quando gli ocreziani scoprirono che ci eravamo allontanati dalle capanne degli schiavi, ci aveva già portati così avanti, logisticamente, che non sarebbero mai riusciti a raggiungerci.»

«Cosa intendi?»

«Ha pianificato tutto meticolosamente. Se a, allora b. Se c, allora d. Contingenze su contingenze. Piani che non abbiamo mai dovuto usare, ma che avevamo a disposizione per ogni evenienza. Una totale stratega. Sarebbe stata una straordinaria leader planetaria.»

«Lo è stata. Per un po'. Sì.» Gli presi la mano.

«Sì, lo è stata.» Strinse la mia. «Proprio qui. E la sua creazione migliore in assoluto, il suo piano migliore, dolcezza, sei tu. Ti avrebbe amata.»

Scossi la testa. «Avrebbe dovuto guidare eserciti di umani.» Pensai all'addestramento nelle arti marziali che avevo fatto agli altri umani su Zandia, a come lo avessero organizzato i miei compagni.

«A volte un solo individuo è più forte di tanti messi insieme. Se è quello giusto.» Tossì e ansimò. «Hai la sua stessa passione. Continua a lavorare sulla strategia. È dentro di te. Sei più simile a lei di quanto tu possa immaginare.»

E così, mentre io e mio padre sedevamo nella nostra rozza capanna, bevendo tè bollente al mirtillo e mangiando carne secca, lui parlò fino a tarda notte, mentre le stelle brillavano e poi svanivano. Quella notte e quelle successive, mi posi l'obiettivo di assorbire ogni parola. E usare i miei sogni per aiutarmi a pianificare.

Lavorammo al dispositivo di comunicazione a corto raggio e mio padre mi aiutò a creare i messaggi falsi che speravamo e pregavamo che i pirati intercettassero. Dicevano che c'erano delle umane qui, quelle che erano fuggite da Ocrezia, molte donne umane.

E restammo in attesa.

Domm

«Pensi che sia arrivata lì?» Sentii il petto stringersi. Avremmo dovuto essere con lei, avremmo dovuto affrontare il pericoloso viaggio al suo fianco.

«Non lo so. È improbabile che qualsiasi altro essere possa farlo.»

«Ma lei è diversa» dissi. «Vorrei...» cominciai.

«Cosa?»

«Penso che dovremmo andare a prenderla.» Mi alzai.

«Ha detto che ci odia. Preferisce stare su Jesel.» Il suo tono era piatto.

«Non ci credo. Non ci odia. È semplicemente... divisa in due.» Guardai le stelle. «Credo che le importi. Inoltre, potrebbe essere in pericolo proprio adesso, mentre siamo seduti qui con il pollice su per il culo. Non importa se ci ama: io la amo e se stesse combattendo, io dovrei essere al suo fianco.»

Domm si raddrizzò, posò la mano sulla spada come se fosse pronto a sguainarla per lei in questo preciso momento. Diede un'occhiata al nostro pannello di navigazione. «Sai che non ci è permesso entrare in quel territorio stellare in questo momento.»

«È una missione di salvataggio.» Alzai le spalle e sorrisi. «Una missione d'emergenza. Ci è ancora consentito deviare la rotta quando si tratta di vita o di morte.»

«E se non volesse essere salvata?» Alzò un sopracciglio.

«Oh no. Non stiamo salvando lei.» Sorrisi. «Stiamo salvando noi stessi.»

CAPITOLO DICIANNOVE

M*irelle*

Mi svegliai di soprassalto. Il rumore era forte e si riverberava nel mio cranio. Lo riconobbi immediatamente: un velivolo di Ocrezia. Il terrore e l'adrenalina salirono e io saltai in piedi, afferrando il mio pugnale e il piccolo phaser.

«Padre! Ha funzionato. Hanno sentito il segnale. Sono qui.» Alzai lo sguardo e lui era immobile, con il viso pallido. Un rivolo di sangue si era seccato all'angolo della bocca. Corsi da lui, gli toccai il polso, il collo, ma era freddo. Così freddo e il suo petto era immobile.

Oh no. Per favore no. Dolce Madre Terra, non sono pronta.

«Padre.» Lo sussurrai e gli presi la mano, ma non c'era nemmeno il tempo di salutarlo.

Corsi fuori dalla capanna e verso la cresta di vedetta, sbirciando in alto, e c'era la navicella ocreziana, sospesa, grande e nera, uno scarabeo malato nel cielo.

Ed eccomi qui. Da sola. Una piccola umana, con un pugnale.

Mi misi una mano alla bocca e sussultai. «Addio» sussurrai a mio padre nella capanna. «Ti voglio bene.»

Poi mi alzai in piedi e aspettai, mentre il velivolo di trasferimento ocreziano emergeva da una fessura nello scafo, splendente come acqua al sole. Come se la navicella gigante stesse dando alla luce qualcosa di astuto e malvagio. E aspettai.

L'ODORE ERA SEMPRE la prima cosa che mi colpiva degli ocreziani, la loro puzza. Poi i loro freddi occhi da pesce e la pelle grigia. I loro movimenti guizzanti.

Mi avevano messo in manette a bordo della loro navicella più piccola, tre di loro. Con le spalle al muro, guardai i loro volti, cercando di controllare il respiro.

«Un'umana.» Il responsabile si avvicinò e mi diede un rovescio in faccia, facendomi sbattere la testa contro lo scafo di metallo.

«Ahi.» Grugnii per il dolore, le stelle mi lampeggiavano davanti agli occhi e la bocca mi si riempì di sangue. Sputai, lasciai che mi colasse lungo il mento, il sapore metallico e la consistenza densa mi erano familiari, intimi.

«Capelli rossi. Esotica. Raggiungerà un prezzo interessante all'asta.» Il secondo mi afferrò il seno e lo strinse così forte che sussultai, terrorizzata che potesse lacerarmi la pelle con le sue unghie taglienti come artigli.

Quando si lasciò andare, barcollai, sbattendo le palpebre, cercando di alzarmi. Le gambe mi tremavano ed ero terrorizzata, più di quanto non fossi mai stata in vita mia.

«Certo, avremo bisogno che lei ci dica dove sono le altre.» Il terzo mi prese a calci, al ginocchio, e io urlai, caddi a terra, cercando di proteggermi il corpo.

«Perché se vuole avere il privilegio di essere integra quando andrà all'asta, sa che parlare è la sua migliore opzione.» Mi diede un calcio al fianco e non riuscii a respirare, e sentii tutto il mio petto andare in fiamme. Mi aveva rotto almeno una costola, probabilmente due. Forse tre.

Inspirai piccole porzioni d'aria mentre le loro voci mi entravano ed uscivano dalle orecchie. Le loro risate. Il loro odore mi avvolgeva, soffocante.

Mi misero in piedi. «Stai dritta» ordinò uno degli ocreziani. «Guardami.» Sollevò il mio pugnale, che mi aveva tolto dalla cintura. «Ti taglierò la lingua se non mi piace la tua risposta. Dove sono le altre umane?»

«Al…» sputai altro sangue. Barcollai sui piedi. Forzai le parole. «Campo…nord.» Tossii e barcollai. «Dall'altra parte del pianeta. Un accampamento.»

«Chi lo gestisce? Quanti sono?»

«Garrett. Il leader.» Ansimai, con gli occhi fissi sul pugnale.

Me lo premette sulla guancia, diede un colpetto con la mano e sentii il sangue colare. «E? Non fermarti proprio adesso.»

«Io... io... tre... altri uomini umani. Hanno missili terra-aria, missili Midrian di classe 5. Radar. Hanno almeno... due donne in cattività. Se non sono morte.»

«Molto bene.» Mi diede un altro colpetto sull'altra guancia e per un secondo pazzesco mi chiesi se le due ferite avessero uguale lunghezza. «Ti taglierò il collo se non mi piacciono le tue risposte. Ricordatelo.»

Mi girò la testa.

Mi lanciò di nuovo a terra e io gridai per il dolore che provavo ovunque.

«Mettila nella gabbia» ordinò.

Uno di loro mi afferrò la gamba e mi trascinò, e la mia testa rimbalzò sul pavimento mentre mi strattonava.

Dovevo aver perso i sensi, perché quando aprii gli occhi mi ritrovai rinchiusa in una piccola gabbia di metallo. Era buio, ma le luci lampeggiavano su qualche pannello fuori dalle mie sbarre, di rosso e verde.

Era troppo difficile. Non pensavo che sarebbe stato così difficile.

Cercai di alzarmi, ma ricaddi indietro.

Madre Terra, come aveva potuto mia madre fare una cosa del genere? Era impossibile.

Restai sdraiata lì, ansimando, sentendo il sapore del sangue sulla lingua, deglutendo a fatica per non vomitare. Non sapevo nemmeno se sarei riuscita a tenere le mani sulla bocca abbastanza a lungo per fare ciò che era necessario.

Persi di nuovo i sensi mentre la navicella pulsava e rimbomba, e quando riaprii gli occhi, stavamo vibrando dolcemente, come se stessimo librandoci.

Risuonarono delle grida soffocate. «Portatele a bordo.»

Un grido soffocato: umane.

Erano Mandy e Tess, e quel rumore mi riportò alla piena consapevolezza. Lo stavo facendo per loro. Ero una combattente per la libertà.

La disperazione mi mandò l'adrenalina nelle vene e utilizzai le mie ultime energie per alzare le mani verso l'alto, appoggiando il collo al pollice. Provavo così tanto dolore altrove che non sentii nulla mentre aprivo la pelle sotto l'unghia con i denti ed estraevo la capsula che era lì.

Mi abbandonai e il movimento spinse la mia mascella verso il basso, schiacciando la parte esterna in poliestere della capsula, e fu tutto immediato. Il mix di erbe e medicine lì dentro si riversò nel mio flusso sanguigno, dandomi una sferzata di energia così cruda e potente che gridai, un grido gutturale e rauco.

Il cuore mi batteva in modo irregolare, ma andava bene, perché la medicina mi inondò completamente e il dolore si attenuò quel tanto che bastava per permettermi di rimettere le mani alla bocca. Questa volta presi il dito indice e quando tirai fuori il piccolo frammento di metallo con i denti sapevo che avrei potuto fare il resto.

Mi lasciai cadere il frammento in mano e mi alzai in piedi. Tremavo, ma il dolore continuava a diminuire e la mia mente era lucida. Ci volle solo un minuto per aprire la gabbia, poi uscii dalla stiva buia e sbattei le palpebre alla luce della cabina principale.

Era incustodita. Arroganza, da sempre un punto debole degli ocreziani.

Avevo già valutato l'ambiente circostante prima e ricordai il codice che aveva digitato per sbloccare il pannello dell'armeria. Inserii i simboli e la porta si aprì con un sibilo, mostrandomi una bellissima gamma di armi mortali. Afferrai quella più letale che riuscivo a tenere con le manette ancora addosso, me la portai sulla spalla. Guardai attraverso il mirino e aspettai. Avrei avuto una sola possibilità e dovevo farlo bene.

Non se lo aspettavano, affatto. Entrarono i primi due, rumorosi, emozionati, trascinando Mandy e Tess per le braccia. Il braccio di Tess era troppo tirato, probabilmente era uscito dall'articolazione, ma avevo campo libero verso entrambe le teste ocreziane, e ne approfittai. Uno, due.

Due leggeri getti d'aria, e i loro crani esplosero in uno splendido fuoco d'artificio rosso e bianco, schizzando le pareti.

Il terzo gridò, afferrò la sua arma, ma proprio mentre mi

mirava, con espressione sorpresa in viso, gli sparai il laser nel petto, e lui cadde, perdendo liquidi come una sacca di sangue.

«Mirelle?» Mandy era sbalordita. Tess sotto shock.

«Sì. Non abbiamo tempo. Prendi la sua mano e sbloccami le manette.» Indicai il primo, che giaceva in una pozza di sangue.

«Ma…»

«Le manette.» Stabilii un contatto visivo. «Fallo. Ora.» Grugnii per la frustrazione vedendo il suo sguardo vuoto. «Solo il suo indice può sbloccarmi le manette. Devi premerlo sulla luce lampeggiante.»

Lei gemette leggermente ma obbedientemente gli afferrò il braccio, e io mi avvicinai di poco, allungai le mani. Lei premette l'indice sul metallo e le manette si aprirono con un piccolo clic.

«Come stai... io non...»

«Dobbiamo andare.» Barcollai in piedi, scivolando nel sangue. «Madre Terra.»

«Andare dove?» Aveva un'espressione selvaggia.

«Alla navicella principale.» Indicai verso l'alto.

«No, Mirelle, no. Loro semplicemente...»

«Ma prima devo sistemarmi. Devi aiutarmi senza fare domande, altrimenti moriremo tutte.»

Cominciò ad ansimare. «No! Dobbiamo scendere da qui e nasconderci nelle caverne. Almeno così avremo una possibilità.»

Senza pensare, feci un passo avanti, le afferrai il mento e la guardai negli occhi. «Devi fidarti di me. Sono una guerriera. Sono una pilota. Sono stata là fuori; tu no. Questa è l'unica strada.» Se solo avessi potuto mandare i miei pensieri al suo cervello, farle capire.

Per una frazione di secondo capii perché Lanz e Domm probabilmente avevano provato un terrore esistenziale quando la prima volta mi avevano esortata a comportarmi bene davanti al loro re. La totale dipendenza da un altro complicava la capacità di fare ciò che era necessario per evitare qualcosa di tragico.

Non c'era tempo per la diplomazia e le lusinghe. Speravo solo di non dovere in qualche modo trattenere Mandy o usare la forza per impedirle di lasciare questa navicella e tornare di corsa alle caverne, cosa che sarebbe stata una condanna a morte per tutte noi.

Grazie a Madre Terra si calmò. Annuì.

«Va bene.» Scosse la testa. «Dimmi cosa devo fare.»

Indicai il mobiletto laterale. «Trovami delle capsule di medicinali energetici e un tubo per liquidi. Ne ho bisogno in bocca. Mi sosterrà.»

Con mio grande sollievo, si alzò, un po' meccanicamente, ma andò verso l'armadietto e fece quello che le avevo chiesto.

«Ecco.» Mi spinse un cilindro in bocca. «Bevi.»

Succhiai il liquido e mi pervase un sollievo benedetto. Più energia.

Mi sedetti al pannello di controllo e sbattei le palpebre. «Procurami una fasciatura per il petto e per le costole. E io mi bloccherò la gamba.»

Appena mi sentii più stabile, valutai lei e Tess. «Anche voi due avete bisogno di liquidi e capsule energetiche. Grazie a Madre Terra non siete ferite.»

«Hanno detto che ci avrebbero vendute all'asta» disse con voce piatta. «E cosa ti fa pensare che non siamo ferite? Siamo state con la banda di Garrett.» Scoppiò in una breve risatina che non aveva nulla di ironico. «Almeno gli ocreziani hanno ucciso lui e la sua banda. L'unica cosa buona che probabilmente hanno fatto nelle loro miserabili vite, per un essere umano.»

«Ho un posto sicuro dove portarvi. Un posto dove potete vivere in pace.»

«Mirelle, non esiste un posto simile per gli esseri umani.»

«Vengo da Zandia.» Affondai in un sedile accanto al principale pannello di volo. «Ecco dove sono stata negli ultimi mesi. Ed è lì che andremo.»

«Zandia?» Si sedette accanto a me, asciugandosi il viso con un panno strappato. «Ma la schiavitù? Lì gli esseri umani non sono schiavi?»

Scossi la testa. «Sono liberi.» Tossii. Mi facevano male le costole, il dolore ritornò. «Mi sto annebbiando di nuovo.»

«Quante dosi di questa roba può sopportare il tuo corpo?» Teneva in mano un'altra boccetta. «Ne hai già prese tre.»

«Non ne ho idea. Ma ne ho bisogno, quindi...» gesticolai. «Dammela.»

Ogni volta che mi dava una dose, l'adrenalina mi faceva battere il cuore più velocemente e l'effetto svaniva prima. Sapevo che non poteva sostituire un'adeguata assistenza medica e probabilmente non potevo prenderne un'altra senza che il mio cuore si fermasse del tutto. Avrei dovuto portarci a Zandia prima che ciò accadesse.

«Allora qual è il piano?» Mandy lanciò un'occhiata a Tess, che non era in grado di aiutarla affatto. In preda al panico, era seduta sul pavimento, tremando e dondolandosi.

«Daremo a Tess alcune dosi di antidolorifico per farla calmare. Poi noi tre prenderemo le armi e attraccheremo alla nave madre ocreziana. Uccideremo gli ocreziani, prenderemo la loro navicella e la riporteremo a Zandia.

«Non possiamo farlo da sole.»

«Dobbiamo farlo e lo faremo.» La guardai male. «È la nostra unica possibilità di uscire da questa situazione.»

«Perché il tuo affare lampeggia?» I suoi occhi guizzarono verso il mio polso.

«Che cosa?»

«Quella.» indicò. «L'altra manetta. Sta lampeggiando.»

Abbassai lo sguardo. Il bracciale lampeggiava con la lucina blu, quella che si accendeva solo quando Domm e Lanz erano nelle vicinanze.

«Deve esserci un malfunzionamento.»

«Che cos'è?»

«Me l'hanno messa i miei compagni. È una sorta di sistema di controllo elettronico.»

Mio malgrado, il cuore prese a battermi forte. «Non è possibile che in realtà sia…»

«E se ti avessero seguita fin qui?» Le si illuminò il viso. «Potrebbero aiutarci!»

«Non è possibile. Sono impegnati con un'altra missione. Ad ogni modo, non potrei capirlo, perché se fosse così, sarebbero occultati.»

Ma assalì il disagio. Se per qualche motivo fossero stati qui, sì, la loro navicella sarebbe stata occultata. E avrebbero attaccato questa piccola capsula prima che gli ocreziani a bordo fossero riusciti ad attraccare alla loro navicella madre.

«Nel dubbio…» Mi avvicinai al pannello di controllo.

«Cosa fai?»

Accesi le luci di atterraggio. «È un segnale.» Lanciai il segnale che mi avevano insegnato.

«A chi?» Aggrottò la fronte. «Agli ocreziani?»

«Agli zandiani.»

«Possono vederci da così lontano?»

«No.» Non avevo tempo di spiegare. «È un codice segreto. Nel caso siano qui.»

«Adesso davvero non capisco. E se gli ocreziani lo vedessero?»

«Lo vedranno. Semplicemente non capiranno cosa sto facendo. Spero che pensino che sto solo testando le luci.»

Mandai un messaggio sullo schermo. «Testare il sistema di illuminazione.»

«Ma è un messaggio?»

Lampeggiai.

«Sì. Un messaggio segreto. Solo i miei compagni saprebbero cosa significa veramente.» Lampeggiai di nuovo il codice. Ancora.

Non accadde nulla.

«Beh, valeva la pena provare.» Sospirai. «Dovremo proseguire con il piano A, dopo tutto. Attraccheremo alla nave ocreziana come se tutto fosse normale, e poi li uccideremo tutti.»

L'espressione dubbiosa sul suo volto bastò a fermarmi, quando all'improvviso apparve un messaggio sul mio cruscotto. Uno che solo la mia nave poteva vedere.

«Saluti, *vipn*.»

Risi di sollievo. «Madre Terra, sono qui! Mandy, sono qui. I miei guerrieri zandiani sono qui.» Fu solo a questo punto, con questa ondata di amore e sollievo, che mi resi conto di quanto ne avessi bisogno.

«Cosa significa?» Mandy si avvicinò. «Gli ocreziani non lo vedranno?»

Scossi la testa. «È una comunicazione occultata. Stiamo usando la loro stessa tecnologia contro di loro. Le navicelle di questo calibro possono occultarsi e comunicare con le altre navi da cui si sono fatte riconoscere.»

«Ma non c'è nessun'altra navicella. Solo quella degli ocreziani.» Indicò lo schermo. «Non sarò un'esperta, ma posso capirlo persino io.»

Mi sforzai di essere paziente. È quello che possiamo *vedere*. Naturalmente le navicelle ocreziane non si occultano tra loro. Ma Domm e Lanz sono qui a bordo di una nave da guerra zandiana ad alta tecnologia, invisibile ai sistemi di tracciamento di Ocrezia. Possono anche scegliere di comunicare con le navi specifiche che vedono, come preferiscono.»

«Quindi quello che stai dicendo è che...» incrociò le braccia. «C'è una navicella invisibile qui, piena di zandiani, e tu comunichi con loro da questa capsula di merda di Ocrezia, e loro sanno che sei tu e non ci uccideranno?»

«Sì.»

«Bene, Madre Terra.» Si sedette di nuovo. «Sono ufficialmente sbalordita. Per favore, scusami mentre muoio, in silenzio, proprio qui.»

«Aspetta.» Risposi al messaggio. «Perché dobbiamo ancora uccidere gli ocreziani a bordo di quella nave madre.»

«Certo.» Si sporse in avanti. «Che si fa adesso?»

I MINUTI successivi si svolsero come uno strano sogno.

Comunicai con la navicella madre, dicendo che stavamo testando la funzione di occultamento prima di attraccare. Apparentemente non avevano ancora sospetti, perché inviai ologrammi di Mandy e Tess con il messaggio: «Umane per l'asta, uccisi tutti i maschi, missione completata. Autorizzazione all'attracco.»

Quindi disattivai la funzione di protezione e permisi alla nave zandiana nascosta di risucchiare la nostra piccola navicella di trasferimento nella pancia del loro scafo. Domm e Lanz salirono a bordo del nostro velivolo ed ebbero appena il tempo di esclamare inorriditi alla mia vista prima che la nave madre iniziasse a lanciare l'allarme.

«Ci hanno scoperti. La loro tecnologia ha scoperto l'occultamento. *Kazo.*»

Domm prese i comandi. «Mirelle, siediti. Partiremo veloci.»

«Vedono la navicella zandiana?»

«Sporadicamente, e cercheranno di prenderne il controllo.»

«No, se ci sono di mezzo io.» La mia voce era ferma. «Abbiamo accesso alle loro armi.»

«E alle nostre.» Domm distribuì le armature. «Prenderemo la loro navicella. Le navi pirata hanno un equipaggio ridotto all'osso, quindi non mi aspetto più di cinque esseri.»

Attraccammo alla nave ocreziana e Lanz e Domm partirono all'assalto. Fu una semplice imboscata, e presto furono tutti morti.

La nave pirata ocreziana era nostra.

«PER LE *KAZO* DI STELLE.» Domm si trovava nel bel mezzo della carneficina e, quando incrociò il mio sguardo, mi resi conto di non avere mai visto niente di più bello.

«Tu...» sussultai. Caddi in ginocchio. «Per caso...hai uno di quei... pacchetti medici?»

Chiusi gli occhi, li sentivo pesanti. Bloccati. Non li avrei riaperti. L'effetto della medicina era finito e il mio corpo si stava spegnendo.

«Prenditi cura di lei.» Lanz mi afferrò. Riconobbi il suo odore e lo respirai mentre il mio cervello iniziava a spegnersi. Pensai di sentirlo mormorare, mentre svenivo: «Dobbiamo smetterla di incontrarci in questo modo, piccola guerriera.»

Questa volta, quando mi svegliai, mi sentivo leggermente meglio. Il dolore alle costole era un bruciore sordo e il ginocchio mi pulsava. Anche il viso mi pulsava al ritmo del battito del cuore, erano le due ferite lungo le guance, ma il battito era di nuovo costante e regolare. Le ferite facevano male, ma non mettevano a rischio la vita, e il pacchetto medico, questa volta, era riuscito a guarirmi quasi al cento per cento.

Feci un respiro profondo. «Dove siamo?»

«Siamo entrati nello spazio aereo zandiano. In attesa di attraccare.»

«Non sanno che siete voi?» Gli occhi di Mandy erano spalancati. Aveva resistito bene ed ero impressionata, ma era al limite della sua capacità di assorbire strane cose nuove.

«Stanno prendendo precauzioni. Siamo in attesa che l'esercito prenda il comando. Nel caso in cui si trattasse di una trappola e avessimo degli ocreziani a bordo.»

«Quindi c'è ancora una possibilità che moriremo tutti.»

«C'è sempre la possibilità che moriremo tutti» disse Lanz. «Ma sono intelligenti e attenti. Andrà tutto bene.»

«Grandi notizie. Perfetto.» Mandy alzò gli occhi al cielo. Nonostante la situazione, mi piaceva il suo umorismo. Ero convinta che non avrebbe avuto problemi ad integrarsi su Zandia.

Mi costrinsi ad alzarmi in piedi. «Lasciatemi parlare.» Avevo le labbra secche.

Lanz mi prese per il gomito per tenermi ferma.

Domm mi avvicinò alla bocca un tubo di fluido. «Prima facciamo in modo che tu guarisca completamente.»

«No, devo dire una cosa a entrambi. Non intendevo quello che ho detto. Non vi odio. Vi amo. Voglio tornare a casa.» Avevo gli occhi pieni di lacrime.

Domm mi accarezzò la guancia con il pollice e mi guardò negli occhi. Lanz mi si avventò alle spalle. «Anche noi ti amiamo. Abbiamo bisogno di te. E tornerai a casa, che ti piaccia o no.»

Mi scappò una risata tra le lacrime e caddi tra le braccia di Domm, bagnandogli la tunica. «Mi sei mancato, maschio arrogante e prepotente.»

Mi baciò sulla testa mentre Lanz mi accarezzava la vita. «Anche tu ci sei mancata, dolce piccola *vipn*.»

LA NAVICELLA si era riempita di guerrieri zandiani armati; erano parzialmente a loro agio, dopo avere perquisito la nave ocreziana, ma ancora vigili. Tesi.

L'ologramma del re lampeggiò davanti a noi e prese vita.

I guerrieri a bordo del velivolo fecero il saluto zandiano: i pugni in aria, i gomiti piegati a novanta gradi.

«Mirelle. Parla tu.» La sua voce risuonò.

«Mio signore.» Chinai la testa in segno di rispetto. «Sono tornata. Vorrei che mi fosse concesso, ri-concesso l'asilo.» Tossii. «Per vivere permanentemente su Zandia.»

Feci un cenno a Mandy e Tess e loro vennero accanto a me, un po' tremanti ma ferme. «Ho salvato due umane, chiedono anche loro asilo qui. E ti abbiamo portato una navicella da guerra pirata ocreziana con la loro tecnologia più recente, così puoi decodificarla.»

«Lanz? Domm?»

Fecero un passo avanti.

«Ha avviato, da sola, un piano per recuperare la navicella ocreziana. Abbiamo assistito nella parte finale dell'acquisizione, ma credo che avrebbe potuto farcela da sola.»

«Vogliamo riaverla con noi» disse Domm.

Il re fece un gesto e io mi feci avanti. «Hai lasciato Zandia e i tuoi compagni.» Strinse gli occhi e, potevo giurarlo, sembrava quasi che stesse guardando nella mia anima. «Non sei impegnata con Zandia.»

Deglutii. «È vero, l'ultima volta ho nascosto qualcosa di me. Ho lasciato mio padre su Jesel e desideravo tornare da lui e dedicarmi al mio lavoro di salvataggio degli umani. Mi sentivo…» Guardai Domm e Lanz alle mie spalle «intrappolata dai miei compagni, che mi hanno dato tutto tranne la libertà di tornare.»

Domm e Lanz si spostarono dietro di me.

«Mio padre ora è morto e mi rendo conto che il mio lavoro è qui, a contribuire a Zandia. Questa volta ci metterò tutta me stessa.» Lo guardai, permettendogli di cogliere la verità delle mie parole. «Ora vedo le cose diversamente. Desidero unirmi a Zandia e aiutare anche altre umane a trovare una casa qui.»

Domm si schiarì la gola. «Mio signore, posso parlare?»

Il re annuì.

«Mirelle può essere umana e femmina, ma è una guerriera come noi. Lanz e io abbiamo cercato di impedirle di combattere, ma ciò andava contro la sua natura. Il suo posto è sul campo di battaglia.»

Del calore iniziò a scorrermi nel petto, lo stava espandendo fino quasi a farlo scoppiare.

«Credo che se le lasciassimo la libertà e la portassimo in missione fin dall'inizio, si dimostrerebbe una guerriera affidabile e capace come qualsiasi altro al tuo servizio.»

Il re mi osservò, con un'espressione imperscrutabile.

«Mio signore, quando sono arrivata, una parte di me era ancora su Jesel, e non potevo impegnarmi con Zandia finché non avessi finito il mio lavoro lì. Quel lavoro ora è completo. Posso venire da voi, su questo pianeta, senza riserve adesso. Prima donavo solo una parte di me stessa. Ora darò il cento per cento. Non c'è bisogno che io torni a Jesel, o altrove.»

Ci guardammo per un secondo e trattenni il respiro. Se non avesse detto di sì, non avrei saputo cosa fare.

I suoi occhi, di un marrone caldo bordato di viola, si fissarono sui miei. Non vacillai. La forza del suo sguardo mi diede le vertigini, ma mantenni comunque il contatto visivo.

Il re finalmente annuì. «Permesso concesso per l'asilo.»

«Ho bisogno del permesso per andare in missione di salvataggio.» Aggiunsi velocemente. «Sono una salvatrice nel cuore. Aiuterò a salvare più umane e a riportarle a casa. A Zandia.»

Re Zander disse: «Questa è una vita pericolosa.»

«E appagante. Mi sono dedicata, molto tempo fa, ad aiutare gli esseri umani. Fa parte del mio DNA ormai. Non posso fermarlo, non più di quanto possa cambiare il colore dei miei occhi. O la mia altezza.» Mi toccai il petto. «Il mio cuore è qui. Lo darò a voi, a tutti voi.» Indicai la stanza. «Se mi volete.»

Il re inclinò la testa. «Una volta che starai bene, potrai lavorare con il maestro Seke per determinare le tue capacità e i tuoi obiettivi. A patto di obbedire ai tuoi compagni, che sono anche i tuoi superiori sul lavoro.» Li guardò. «La accettate di nuovo come compagna? Accettate di aiutarla e addestrarla come guerriera zandiana e accettate il fatto che sarà impegnata in compiti pericolosi e potenzialmente letali?»

«Sì.» Le loro voci erano piene di emozioni trattenute. «Sempre.» Lanz mi strinse la mano.

«E per sempre.» Domm mi mise il braccio intorno alla vita.

«Allora vai.» Il re sorrise brevemente. «E guarisci. E poi prospera.»

«Inizierò immediatamente le mie nuove missioni.» Una volta guarita, ovviamente, ma non riuscivo a frenare l'entusiasmo.

«Aspetta, piccola *vipn*. Non andrai da nessuna parte.» Lanz alzò gli occhi al cielo e mi prese tra le sue braccia. «Non prima di esserti procurata le cure mediche necessarie. O che qualcuno supervisioni la tua formazione. E che verifichi il fatto che tu sia pronta.»

«E» mi sussurrò Domm all'orecchio, avvicinandosi in modo che solo io potessi sentire «di essere punita adeguatamente per aver strappato i nostri cuori e averli lasciati indietro.»

«Ah, sì» concordò Lanz. «Questo è un compito importante. Gli dedicheremo un bel po' di tempo.»

«Forse qualche rotazione del pianeta. O un intero ciclo solare. Ma il volto di Domm era pieno di preoccupazione e mi sfiorò la fronte con le labbra. «Resisti e basta. Adesso ci prenderemo cura di te.»

E mi appoggiai al suo petto forte. «Mi prenderò cura anche io di voi» promisi, lasciando che i miei occhi si chiudessero. «Faremo a turno. In famiglia funziona così.»

CAPITOLO VENTI

omm
«Penso che sia ora di metterti al lavoro.» Le rivolsi un sorriso malizioso.

Fece un'espressione sorpresa. «E perché dovreste fare una cosa del genere?»

Lo sguardo finto e innocente che mi rivolse mi fece ribollire il sangue. «Ci hai lasciati senza preavviso.» Incrociai le braccia.

«Adesso sono tornata, però.»

«Vero, e non potremmo essere più felici.» Alzai un sopracciglio. «Ma capisci che, come tuoi compagni, dobbiamo darti alcuni... incentivi... perché tu non faccia mai più una cosa del genere.»

«Non so proprio come potreste farlo.» Sorrise graziosamente e cominciò a togliersi gli indumenti dalle spalle color panna.

«Ti aiuteremo a capire.» Lanz entrò nella stanza, con una bella cinghia di cuoio in mano. «Meno male che hai iniziato a toglierti i vestiti, perché dovrai essere completamente nuda per la parte successiva.» Si colpì la mano con la cinghia e il suono echeggiò nella camera.

«Per le stelle. Sembra malvagio.» L'espressione di trepidazione sul suo viso era probabilmente parzialmente genuina e mi fece agitare il cazzo.

Oh, non le avremmo mai fatto veramente del male, e lei lo sapeva. Ma una piccola anticipazione aumentava sempre il piacere. Soprattutto per la nostra piccola guerriera, che amava sottomettersi a noi da sola. E poiché eravamo i suoi superiori nelle missioni e i suoi compagni, responsabili del suo benessere su Zandia: ci doveva la sua fedeltà.

«Non più malvagio di una compagna disobbediente. Che ha bisogno di essere severamente punita.» Sorrisi e guardai i suoi capezzoli tendersi. Il suo petto si sollevò. Poteva anche far finta di odiarlo, ma il suo corpo ci diceva come si sentiva veramente.

«Ma no» protestò, facendo scivolare le mutandine lungo le cosce color crema. «Sono stata buonissima ultimamente.»

«E continuerai a esserlo, ne sono sicuro, con gli incentivi adeguati. Piegati sulla piattaforma del sonno.» Lanz si strappò la maglietta e si diresse verso di lei.

Fece un respiro profondo e le sue pupille si dilatarono. «Sì padrone.»

Le mie antenne si indurirono al suo tono: miele e seta, ma abbastanza sfacciata da farmi impazzire. «Aspetta.» Alzai la mano e mi spogliai. «Mirelle, puoi succhiarmi il cazzo tra una sessione e l'altra con la cinghia.»

«Piano eccellente.» Lanz si diede di nuovo la cintura in mano e lei saltò. «Allenamento e punizione allo stesso tempo. Dopotutto siamo multitasking.»

Mi sedetti sulla superficie morbida, mi appoggiai sui gomiti e allargai le cosce. «Vieni avanti, piccola guerriera.» Le feci un cenno. «E mettiti al lavoro, per favore.»

Si leccò le labbra e strisciò verso di me, e io gemetti alla vista. Quando le sue morbide labbra rosa si chiusero attorno alla mia virilità, serrai gli occhi e trattenni il respiro perché era dannatamente fantastico.

La lasciai succhiare a lungo, finché non ansimò e sentii le sue labbra tremare attorno al mio cazzo di ferro. Poi con riluttanza mi abbassai e allontanai la sua testa dal mio corpo. «Bene. Ora una piccola dose di cinghia per mantenerti desiderosa. Piegati e allunga le braccia.»

Lo fece senza commenti, e la sua immediata obbedienza me lo rese ancora più duro.

Lanz le si avvicinò e le mise una mano sulla spalla. «Non muoverti» la avvertì, poi la colpì alle natiche con il cuoio, lasciando una splendida striscia rossa.

Emise un piccolo verso, ma le andava riconosciuto, non sussultò né cercò di allontanarsi.

«Te ne darò una buona dozzina.» Lanz abbassò con forza la cinghia e lei piagnucolò. «Allora mi succhierai il cazzo per un po' e Domm ti frusterà.» La colpì di nuovo, e questa volta lei si irrigidì, sollevò un piede. Lo mise giù. Afferrò le coperte con i pugni.

«E poi, se saremo entrambi d'accordo sul fatto che sei stata obbediente, ti lasceremo venire.»

«Oh, per favore, farò la brava. Ah.» L'ultima parte arrivò mentre lui la frustava di nuovo con il cuoio, più forte.

«Questo è quello che dici ogni volta. Voglio assicurarmi che tu sia finalmente sincera.»

«Oh» sussurrò, sollevando l'altro piede mentre lui abbassava ancora e ancora la cinghia. Lei spinse i fianchi contro la coperta, cercando di stimolare il clitoride, e io le misi la mano sulla schiena.

«No. Non ancora. Sentirai il bruciore prima di ottenere il piacere.»

«Non è giusto» si lamentò.

«Oh, davvero?» Mi chinai e le morsi il collo, godendomi il modo in cui muoveva i fianchi, cercando di alleviare il bruciore, come se muovere il sedere in aria la aiutasse a rinfrescare la pelle calda. «Vedi, penso che sia del tutto giusto punire una compagna quando è stata indisciplinata.» La baciai nel punto in cui l'avevo morsa, poi mi ritrassi e annuii a Domm.

La frustò di nuovo e lei gridò sorpresa. «Ahia.»

Ma non si tirò indietro né si mosse; l'avevamo addestrata bene. Quando le ebbe prese tutte e dodici, il suo sedere era completamente rigato di segni e stava ansimando.

«Sento l'odore della tua figa, Mirelle.» Mi avvicinai tra le sue cosce e lei le allargò con impazienza per permettermi l'accesso. «Puoi lamentarti quanto vuoi, ma tutti e tre sappiamo quanto ne hai bisogno.»

«Ne ho bisogno» sussurrò, spingendosi contro le dita. «Ti prego.»

«Oh, bellezza, hai ancora molta strada da percorrere prima ancora di pensare che ti lasceremo venire» la rimproverai, schiaffeggiandole il culo. «Inginocchiati di nuovo, perché è ora di dare piacere a Lanz.»

«Sì padrone.» Quando si alzò, aveva gli occhi lucidi di bisogno. Prima di lasciarle assumere una posizione di sottomissione, la attirai a me e chiusi le labbra attorno al suo capezzolo carnoso. Lei gridò mentre lo succhiavo e lo stuzzicavo con la lingua, e poi si mise a cavalcioni sulla mia coscia, cavalcandomi, gemendo mentre spingeva la figa gocciolante contro la mia pelle. «Oh» ansimò. Gettò indietro la testa, chiuse gli occhi, con un'espressione di beatitudine sul viso. L'avrei quasi lasciata venire, solo perché il modo in cui guardava al suo apice era un *kazo* di fervore. Ma era divertente farla aspettare.

Le morsi il capezzolo e la sollevai dal mio corpo. «Non ancora.»

Lanz si fece avanti e prese il mio posto sul letto. Mi porse un paio di fermagli argentati lucenti. «Il dottor Daneth ha detto che fanno bene ai capezzoli umani. Prima puniscono, poi contribuiscono a procurare piacere.»

«Sembrano perfetti. Mani lungo i fianchi.» Mi rivolsi a Mirelle e aspettai che obbedisse.

Si leccò le labbra, con gli occhi spalancati. «Che cosa...»

«Piccoli morsetti.» Ne aprii uno, lo chiusi; era caricato a molla e poteva essere modificato per mordere più forte. «Penso che lo imposteremo su una buona presa. Se fa male, pensa solo a quanto sia importante comunicare con noi in ogni momento.»

«Lo faccio già. Ahia.» Sussultò quando ne applicai uno. Poi l'altro. «Ahi.» Si spostò, alzò le mani, le abbassò.

Chiusi la bocca attorno a uno dei capezzoli e leccai tutto attorno alla pinza. Si contorse nella mia presa, emettendo sussulti alternati di piacere e dolore mentre la stuzzicavo e tiravo le pinze con la bocca. Quando le toccai le cosce, erano già bagnate dal suo desiderio.

«È ora di compiacere Lanz.» Le diedi un'ultima leccata. «Li indosserai tutto il tempo, Mirelle. Nessuna lamentela, nemmeno quando toccherà a me frustarti.»

Lei sussultò, ma si inginocchiò davanti a Lanz. Aprì la bocca come la migliore piccola schiava sessuale dell'universo.

MIRELLE

. . .

AVEVO I CAPEZZOLI IN FIAMME, e anche il culo. Ma mi divertivo. Non c'era niente di più soddisfacente, fisicamente, che stare in ginocchio, con il corpo che desiderava ardentemente liberarsi, obbedendo ai miei due padroni.

Mi faceva male la mascella mentre succhiavo il cazzo di Lanz e i miei occhi grondavano lacrime di concentrazione. Ero sudata e le cosce erano appiccicose dei miei stessi succhi, del mio bisogno di raggiungere l'orgasmo... e non mi ero mai sentita meglio.

«È il mio turno di colpirla. Vuoi venire nella sua bocca o aspettare?»

«Io dico di prenderla insieme. Vai avanti e preparala per noi.

«Con piacere.»

Parlavano di me in questo modo e questo mi faceva bruciare ancora di più. Gemetti mentre Domm mi prendeva in braccio e mi metteva sulla piattaforma del sonno, a pancia in giù. Sibilai per il dolore che provavo ai capezzoli, spinti contro il tessuto dalla pressione del mio corpo, ma questo rendeva la mia figa bisognosa. «Ti prego.»

«Ti prego cosa?» Mi diede uno schiaffo sul culo una volta. «Sulle mani e sulle ginocchia mentre faccio il mio turno. Penso che useremo il bastone.»

Mi mostrò un lungo e sottile strumento simile a una canna, fatto di legno sottile e flessibile. «Sei con questo, Mirelle, e farai tutto quello che vogliamo.»

«Faccio già tutto quello che volete.» Inarcai la schiena, terrorizzata dal bastone. E desiderandola. Vivendo entrambe le cose contemporaneamente.

«Beh, continua così. Allarga di più le cosce.» Osservò attentamente mentre mi posizionavo come voleva. «Bene.»

Senza preavviso, alzò il braccio e sentii il fischio, lo schiocco, e poi il mio culo esplose in fiamme. Sussultai e gridai. «Domm!»

«Ci lascerai ancora?» Piazzò una seconda striscia sotto la prima.

Gemetti, costringendomi a non saltare o ad allungarmi indietro, per far sì che tutto questo finisse. Strinsi i denti. «No!»

«Ci teniamo tantissimo a te. Sei la nostra vita. Dobbiamo essere onesti e fidarci sempre l'uno dell'altra.» Assestò il terzo colpo e mi vennero le lacrime agli occhi. Non necessariamente per il dolore, anche se faceva male. No, era più dovuto alla consapevolezza di avere fatto vivere ai miei compagni un incubo di preoccupazione mentre ero via, e di averli messi in pericolo quando erano venuti in mio soccorso.

«Mi dispiace» sussurrai.

Si fermò e mi accarezzò la spalla. I capelli. «Anche a noi. Ti abbiamo tenuta imprigionata, lontana da ciò che ami. Ora so che funzionerà, per tutti noi, solo se puoi fare ciò di cui hai bisogno e che ami.»

«Sapete che d'ora in poi sarò onesta con voi.»

«Perché ti sto frustando?» Il quarto colpo mi scese sulle cosce e quasi saltai dal letto.

Ansimai. «No. No!» Ripresi fiato. «Perché… è meglio così.»

«Buona risposta.» Colpì entrambe le natiche, con forza, e iniziai a piangere.

Si fermò e mi massaggiò i lividi, facendomi saltare lontana da lui. Lanz si avvicinò e mi tenne ferma in modo che non potessi schivarlo, e fui costretta ad accettare le sue cure.

«È meglio così. E riconosci che noi siamo i tuoi ufficiali superiori sul campo e, come tali, siamo autorizzati a disciplinarti e addestrarti, se necessario, a seguire i comandi.»

«Lo riconosco.» sussultai. «Domm, per favore.» Avevo così tanto bisogno del suo cazzo e avevo il culo in fiamme.

«Ancora uno. Quello più forte. Dimmi perché sei tornata.»

«Perché vi amo. Perché questa è la vita che voglio, per me e per gli altri esseri umani.»

Abbassò con forza il bastone e io gridai, poi mi prese tra le braccia. «Ed è quello che vogliamo anche noi.»

Mi baciò e le nostre bocche si attaccarono, le nostre mani si afferrarono, si strinsero. Trovai il suo cazzo e lo afferrai, lo chiusi nel pugno e lo strinsi. Gemette di piacere, anche se stavo usando quasi tutta la mia potenza. I miei zandiani potevano gestire qualsiasi cosa io proponessi e questo mi permetteva di scatenarmi quando ne avevo bisogno.

Urlai un ruggito di battaglia e gli morsi la spalla più forte che potevo, affondando i denti, e il sapore della sua pelle mi infiammò. Così come il suo ruggito di dolore e piacere. Mi lanciò in grembo e mi sculacciò il culo con la mano. «Ti ho dato il permesso di mordermi, *vipn*?»

Scesi dalle sue cosce e mi misi a cavalcioni. Il suo enorme cazzo spinse all'ingresso della mia figa. «Ti piace quando ti mordo.» Mi avvicinai e gli morsi il labbro inferiore, poi gli afferrai le braccia e ci conficcai le unghie. «*Scopami* subito. Fallo o diventerò pazza.»

Ringhiò. «Pensi di essere tu a decidere qui?» Ma il modo in cui le sue mani mi stuzzicavano la pelle, mi tiravano i capezzoli, mi fece capire che lo possedevo tanto quanto lui possedeva me. Lo sguardo nei suoi occhi era di puro desiderio.

«Sono sempre io a decidere.» Mi misi in ginocchio per posizionarmi, poi mi abbassai lentamente in modo che la cappella spingesse verso la mia entrata. «Vuoi farlo? Dimmi quanto ti piace la mia figa.» Gli afferrai i tricipiti e li strinsi.

Mi avvicinai e gli leccai il collo. Gli succhiai le antenne, una, poi l'altra. «Dimmelo. *Kazo*, dimmelo.» Mi tremava la voce.

«Non lo sai già?» Mi afferrò i fianchi e mi impedì di affondare ulteriormente sul suo cazzo. «Non lo senti ad ogni tocco, non lo vedi ogni volta che ti guardo?»

Gemetti per la frustrazione, cercando di avvicinarmi alla sua lunghezza di ferro. «Lasciami.»

Lui rise. «Quando sarò pronto.»

Usai tutta la mia forza, lottando con lui per la posizione di potere, ma lui mi teneva a bada facilmente. «Domm!» Gli diedi un pugno e lottai, sporgendomi come in un combattimento corpo a corpo, stringendolo con le gambe, cercando di usare le braccia per costringerlo a fare quello che volevo.

«Sì, combatti contro di me» mormorò, con gli occhi chiusi, tutto il corpo teso. «Combattimi, *kazo*. Sai che mi piace buttarti giù.»

Si girò all'improvviso, così mi sdraiai sul letto e lui si piazzò sopra di me, con tutto il suo corpo che mi premeva contro le coperte. Mi tirò le braccia sopra la testa e le fissò sul cuscino. Le sue cosce spingevano contro il mio corpo e i nostri petti si trovarono pelle contro pelle. I miei capezzoli urlavano per il dolore e la stimolazione delle pinze e per la frizione del suo corpo. Provai ad aprire le cosce, ad avvicinare il suo cazzo, ma non riuscii a muovermi.

«Vincerò, come sempre.» Mi sorrise. «E questo significa che avrò la scelta del vincitore.»

Veloce come un fulmine si rotolò di nuovo, mettendomi sopra di lui. «Cavalca tu, Mirelle. E Lanz ti prenderà il culo da dietro. Potrai venire una volta che entrambi i nostri cazzi saranno dentro di te e ti avremo dato il permesso.»

～

Lanz

Lei gemette, e quando affondò sul cazzo di Domm - lui lo controllò, lasciando che lo prendesse centimetro dopo centimetro, finché non fu completamente piazzata - sospirò e chiuse gli occhi, con un'espressione di beatitudine sul viso.

Era il momento di *scopare*. Sarei esploso se non fossi riuscita a *scoparla* presto. Era più eccitante di ogni altra cosa vederla dominata, eccetto quando ero io a dominarla.

«Spostati così posso prenderti il culo» le ordinai, arrivando dietro di lei e facendole scorrere le mani lungo i fianchi. Mi allungai e strinsi i suoi seni squisiti, usandoli come maniglie per aiutarla a posizionarsi, godendomi i suoi strilli e i gemiti.

Ci muovemmo tutti e tre finché lei non si trovò nella configurazione giusta per gestirci entrambi. Presi la bottiglia di lubrificante che avevo portato con me e ne spruzzai un po' lungo il suo sedere stretto, massaggiandolo con il dito.

Fece un verso di apprezzamento e mi strinse la mano, chiedendone di più. Aggiunsi altro lubrificante e inserii un secondo dito nel suo corpo, muovendolo per distenderla. Aiutò muovendo i fianchi, stringendo i muscoli.

«Sì, cavalcalo», le ordinai. «Lascia che il piacere ti distragga mentre ti preparo il culo.»

Il suo corpo era così teso e non volevo che le facesse male quando l'avessi presa; quindi ci volle un po' di tempo per prepararla. Inserii delicatamente il plug lungo e spesso nel suo corpo, spingendolo anche quando trattenne il respiro e cercò di allontanarsi. Non aveva molto spazio su cui lavorare, però, visto che stava cavalcando il cazzo di Domm, e io ridacchiai mentre la afferravo con una mano e infilavo il plug a posto. «Non opporti» le sussurrai all'orecchio, tirando il suo corpo contro il mio petto, «sai che è bello una volta che lo lasci entrare.»

Lei sibilò e poi si rilassò quando successe. «Mmmm...» concordò, dondolandosi avanti e indietro. «Lasciami venire, per favore.»

«Non ancora.» La stuzzicai girando e giocando con il plug mentre si strofinava su Domm, finché non divenne così bisognosa da ansimare e piagnucolare ad ogni movimento.

«Penso che sia pronta.» La voce di Domm era tesa per il bisogno. «E non posso aspettare un altro *kazo* di secondo.»

Neanche io. Sfilai il plug e mi inginocchiai, mettendo il cazzo in linea con il suo culo. «Spingi verso di me» le dissi, mentre iniziavo ad affondare nel suo corpo. Ci andai piano, perché gestire due cazzi zandiani non era semplice, ma lei si appoggiò indietro costringendomi ad entrare più velocemente. «Fallo adesso» chiese, e gridò di piacere. «Madre Terra. Sì. Sì.»

Adoravo *scoparla* in ogni modo, da ogni angolazione, e il suo culo era delizioso. Lei cavalcava Domm e io spingevo da dietro, e presto noi tre trovammo un ritmo che funzionava. A poco a poco il ritmo accelerò; Domm la tirò giù sul suo cazzo, poi la tirai di nuovo sul mio, e lei ci incitava con i versi e stringendosi così forte intorno a me che quasi venni troppo presto.

Stavamo tutti gridando: un misto di grugniti, gemiti, sospiri, e poi lei gridò che doveva venire.

«Fallo» le dissi, anche se lei non avrebbe aspettato, nessuno di noi sarebbe riuscito. Contrasse tutto il corpo, io esplosi di piacere, stringendo il suo corpo ovunque potessi. Il piacere continuò all'infinito e il mio corpo fu pieno di un piacere elettrico.

MIRELLE

.   .   .

L'ORGASMO FU STUPEFACENTE per l'intensità del piacere e urlai mentre venivo. Andò avanti così a lungo che quasi svenni, e non mi interessava, perché era bellissimo.

Vennero anche i miei due compagni, riempiendomi della loro sborra calda, e quando crollammo tutti insieme, quasi non sapevo dove finiva il mio corpo e iniziava il loro.

Ci rilassammo a lungo, respirando, con i miei compagni ai miei lati. Ad un certo punto uno di loro doveva aver tolto le pinze e, dopo qualche minuto, Domm mi spalmò la lozione sul culo e sul seno.

«Il dottor Daneth ha detto che questo eliminerà un po' il dolore» disse, passando le dita sicure e veloci sul mio corpo.

Ero troppo rilassata per parlare, ma riuscii a dirgli: «Non fa male. Non ne ho bisogno.»

Lui rise. «Solo per evitare eventuali lividi domani. Abbiamo una grande rotazione del pianeta davanti a noi.»

«Mmm.» Mi sdraiai e sentii la lozione lenire e rinfrescare la pelle. Mi fece sentire bene, anche se non mentivo: ero così piena di endorfine in questo momento che tutto il mio corpo era pieno di piacere e gioia.

«Dovremmo dargliela.»

Era passato un po' di tempo e mi svegliai quando sentii la voce di Domm.

«Buona idea.» Lanz si alzò e il letto si smosse.

Mi alzai su un gomito e sbattei le palpebre. «Che cosa? È un regalo?»

«Beh, ci hai procurato una nave da guerra.» Domm ridacchiò e mi passò la mano sulla spalla. «Il minimo che possiamo fare è darti qualcosa in cambio.»

«Non ho bisogno di niente.» Ma mi sedetti con impazienza. «È una navicella nuova?»

Lanz rise. «Aspetta un attimo. Che ne dici di imparare a pilotare le nostre, prima? Questo è più personale.»

Si sedette di nuovo accanto a me. Mi porse una scatolina di legno.

Guardai dall'uno all'altro.

«Aprila.» Gesticolò Domm.

Lanz si sporse in avanti, con espressione ansiosa. «Dicci cosa ne pensi.»

Alzai il coperchio. Poi ripresi fiato. Mi portai la mano alla bocca.

«È una fiamma.»

«Tre fiamme.» Domm toccò la collana. «Intrecciate, vedi?»

Mi vennero le lacrime agli occhi. «Come lo avete fatto?»

«L'altra non te la sei mai tolta.» Domm prese la collanina scintillante dalla scatola. «Finché non l'hai persa.»

«Me l'aveva regalata mia sorella. Era un simbolo per mantenere viva la fiamma: il movimento di resistenza umana.»

Lanz mi accarezzò i capelli. «Sapevamo che significava qualcosa per te, quindi te ne abbiamo creata una nuova. Per la tua nuova vita.»

«Tre fiamme.» Feci scorrere il dito sul ciondolo inciso finemente. «Per noi tre?»

Lanz mi passò la mano sulla gamba. «Insieme per sempre.»

Alzai la collana e me la allacciai al collo. «La adoro.»

«Capovolgilo.» Lanz la girò delicatamente e io scrutai per guardare i codici sul retro.

«Cosa dice?» Allungai il collo. Ma mi trovavo nell'angolazione sbagliata ora che ce l'avevo indosso.

«Ha il tuo nome, in zandiano. E la parola che significa fuoco.»

«Vado a fuoco.» Toccai la collana, poi presi le loro mani. Una in ognuna delle mie. E strinsi.

«Vado a fuoco dalla gioia. E dalla voglia di fare piani.»

«Lo sappiamo.» Lanz annuì.

Domm era d'accordo. «E anche noi. Pronti per la prossima avventura.»

«Vi amo.» Guardai Lanz, poi Domm. «Con tutto il mio cuore.»

«Anche noi.» Entrambi sorrisero.

E mentre ce ne stavamo seduti lì, con le dita intrecciate, la mia vita finalmente aveva un senso.

Tutti i pezzi erano andati al loro posto ed ero soddisfatta del mio presente ed entusiasta per il futuro. Sapevo che sarebbe stato luminoso.

Fine

IL PROSSIMO NELLA SERIE LE
SPOSE ZANDIANE

Luci zandiane: il romanzo della festa aliena
Spose zandiane, libro 4
di Renee Rose e Rebel West

GLI ZANDIANI HANNO ANCORA BISOGNO DI SPOSE.

È il festival delle Luci zandiane, e il re ha deliberato il liberi tutti.

Tutte le femmine umane possono accoppiarsi senza il bisogno di una petizione.

Senza dover scegliere più partner. Senza promesse.

Due guerrieri si sono impegnati con me,

ma non riesco ad essere entusiasta di diventare la loro sposa.

C'è solo un maschio dalla pelle viola che mi eccita...

Mykl, il mio maestro e supervisore. Il maschio burbero con un'avversione per le umane.

Ma ho anche visto del calore nei suoi occhi, l'inclinazione delle sue antenne quando mi guarda.

Quindi, durante queste feste, il mio unico desiderio è attirare la sua attenzione.

E forse anche il suo cuore.

Luci zandiane: il romanzo della festa aliena

Luci zandiane: il romanzo della festa aliena

ALTRI LIBRI DI RENEE ROSE

https://reneeroseromance.com/italiano/

I peccati di Chicago

La tana dei peccati

Radicato nel peccato

Uomo d'onore

Non provocarmi

Non tentarmi

Non costringermi

Dominami - la serie

Padrone reale

Sì, dottore

Padrone russo

Padrone marine

Chicago Bratva

Preludio

Il direttore

Il risolutore

Posseduta

Il sicario

Il soldato

L'Hacker

L'allibratore
Il pulitore
Il playboy
Il guardiano

Vegas Underground
King of Diamonds
Mafia Daddy
Jack of Spades
Ace of Hearts
Joker's Wild
His Queen of Clubs
Dead Man's Hand
Wild Card

Gli alfa di montagna
Eroe
Ribelle
Guerriero

Wolf Ridge High
Alfa Bullo
Alfa Cavaliere
Fratellastro Alfa

Alfa ribelli
Tentazione Alfa
Pericolo Alfa
Un premio per l'Alfa

Una Sfida per l'alfa

Obsession Alfa

Desiderio Alfa

Guerra Alfa

Missione Alfa

Tormento Alfa

Segreto Alfa

La Preda dell'Alfa

Il sole dell'Alfa

Sangue Alfa

La luna dell'Alfa

Giuramento Alfa

La vendetta dell'Alfa

Fuoco Alfa

Salvataggio Alfa

Ordine Alfa

Wolf Ranch

Brutale

Selvaggio

Animalesco

Disumano

Feroce

Spietato

Due Segni

Indomita (gratuito)

Tentazione

Deseada

Sedotta

Padroni di Zandia

La sua Schiava Umana

La Sua Prigioniera Umana

L'addestramento della sua umana

La sua ribelle umana

La sua incubatrice umana

Il suo Compagno e Padrone

Cucciolo Zandiano

La sua Proprietà Umana

La loro compagna zandiana (gratuito)

Le spose zandiane

Notte degli zandiani

Comprata dagli zandiani

Dominata dagli zandiani

Luci zandiane: il romanzo della festa aliena

L'AUTORE RENEE ROSE

L'autrice oggi bestseller negli Stati Uniti Renee Rose ama gli eroi alfa dominanti dal linguaggio sboccato! Ha venduto oltre un milione di copie dei suoi romanzi bollenti, con variabili livelli di erotismo. I suoi libri sono comparsi su *USA Today's Happily Ever After* e *Popsugar*. Nominata *Migliore autrice erotica da Eroticon USA* nel 2013, ha vinto come autrice antologica e di fantascienza preferita dello *Spunky and Sassy*, come miglior romanzo storico sul *The Romance Reviews* e migliore coppia e autrice di fantascienza, paranormale, storica, erotica ed ageplay dello *Spanking Romance Reviews*. È entrata dieci volte nella lista di *USA Today* con varie antologie.

Iscrivetevi alla newsletter di Renee per ricevere scene bonus gratuite e notifiche riguardo a nuove pubblicazioni!
https://www.subscribepage.com/reneeroseit

facebook.com/Autrice-Renee-Rose-101548325414563
instagram.com/reneeroseromance
tiktok.com/@reneeroseromance